DEUX OMBRES SUR LE PONT

L'auteur

Évelyne Brisou-Pellen a fait des études de lettres modernes. À ce jour, elle a écrit une centaine de textes pour la jeunesse dont une cinquantaine de romans. Si elle puise parfois son inspiration dans sa région natale, la Bretagne, elle aime également situer l'action de ses romans dans des temps reculés ou dans des pays éloignés ; dans des mondes réalistes, ou bien fantastiques…

Du même auteur, chez Pocket Jeunesse :

Himalaya, l'enfance d'un chef
La Maison aux 52 portes

Évelyne BRISOU-PELLEN

Deux ombres sur le pont

POCKET
jeunesse

Loi n° 49-956 du 16 juillet 1949 sur les publications destinées à la jeunesse : février 2002.

ISBN 2-266-11415-8

Pour Hervé
Pour Antoine
Pour Fanny

CHAPITRE PREMIER

UN REGARD INSOLENT

Après le petit bois de bambous, le sentier de gravier blanc faisait un coude, puis redescendait vers le ruisseau. C'est là qu'elles le croisèrent. Il marchait à grands pas, son eboshi [1] laqué de noir un peu incliné sur le front. Il ne baissa pas le regard en passant près d'elles. Il se dirigeait vers les écuries.

— Invraisemblable ! murmura Omi.

Ses yeux étaient durs et froids.

— Qu'on le bastonne, finit-elle.

La jeune femme qui marchait à ses côtés leva vivement la tête.

— C'est impossible, petite maîtresse.

Omi ne montra aucune réaction. Les mains dans les manches de son kimono, elle n'accéléra

1. Toque plate portée par les nobles.

ni ne ralentit le pas. Sans regarder sa dame de compagnie, sans élever la voix, elle répéta :

— Qu'on le bastonne. Il m'a presque dévisagée.

— Je sais, Omi, son attitude a pu vous paraître inconvenante. Néanmoins, toute punition est à exclure, il est le fils de notre voisin, le seign...

— Il pourrait être le fils de l'empereur en personne, coupa Omi, cela ne lui donne pas le droit de lever son regard sur moi.

— Je vous en prie, ne vous montrez pas si sévère. Je suis persuadée qu'il ne l'a pas fait exprès. Vous connaissez la réputation de son père, c'est un homme détestable et suffisant. Il aura élevé ses fils de déplorable façon, et Takeyori n'a certainement pas voulu vous offenser.

— Ainsi, il s'appelle Takeyori... Veste de brocart violet, hakama[1] de soie vert clair, tout dans l'apparence, aucune finesse de l'âme. Le portrait de son père. Quelques coups de bâton lui feront le plus grand bien.

— Et nous apporteraient aussitôt la guerre.

Omi ne répondit pas.

— Je ne crois pas, reprit Ateki, qu'il ressemble à son père. Il ne rêve pas, lui, d'être appelé à la cour de l'empereur, il est parfaitement adapté

1. Pantalon très ample.

à la vie d'ici. C'est un homme de guerre, le meilleur tireur à l'arc de la contrée, un vrai samouraï.

— De mieux en mieux, ironisa Omi. La flèche et le sabre. Un porteur de mort.

— Vous voyez tout en noir. Vous n'avez que quinze ans et, déjà, vous semblez haïr tout ce qui vous entoure.

— Tu n'es pas obligée de rester, répliqua Omi d'une voix glaciale.

— Oh ! petite maîtresse, vous savez bien que je ne voulais pas… Il n'est aucunement question que je vous quitte. Tout ce que je souhaite, c'est que…

— Que je sois plus aimable.

— Non… Enfin, ce n'est pas cela. Si seulement vous pouviez être heureuse !

— Heureuse, murmura Omi, un vague rictus sur les lèvres.

— Ce n'est pas si difficile. Autrefois…

— Autrefois n'est plus.

Ateki chercha un mot à ajouter, mais elle n'en trouva aucun. Elle tourna la tête vers le ruisseau qui se glissait entre les saules et observa enfin :

— Avez-vous remarqué comme la mousse grignote les pierres ? Nous n'avons pas eu de crue depuis longtemps, la végétation en profite.

Omi suivit des yeux les reflets argentés qui se faufilaient entre les obstacles.

— J'aime ces rochers, murmura-t-elle d'un ton changé. Ma mère disait qu'ils ont été jetés dans le ruisseau par les dieux, au commencement du monde.

— Votre gouvernante, dame Saisho, prétend que c'est votre grand-père qui les y a déposés quand il a tracé ce jardin.

— Dame Saisho ignore toute poésie.

— Oh ! (Ateki étouffa un petit rire.) Elle qui consacre le plus clair de son temps à composer des vers !

— Elle pourrait y consacrer tout son temps que cela ne rendrait pas ses vers meilleurs. Ce ne sont que de prétentieuses balourdises.

— Si elle vous entendait, elle en serait mortifiée.

— Cela m'est parfaitement égal. Dame Saisho est une vieille guenon.

— Omi, vous êtes impitoyable !

La jeune fille laissa errer son regard sur la petite île aux sous-bois verts et touffus, aux érables familiers, havre de terre secrète que l'entêté ruisseau avait un jour réussi à séparer du monde de l'ordinaire pour le pousser vers le minuscule étang aux eaux changeantes.

— Des imbéciles, prononça-t-elle, des lâches, des veules, des marionnettes empesées.

Ateki se força à sourire.

— De qui parlez-vous, petite maîtresse ?

Omi ne répondit pas. Son visage avait retrouvé une rigidité de pierre.

Un hennissement attira leur attention du côté des écuries, où régnait une certaine agitation. Le jeune homme à la veste de brocart violet sortait un cheval bai.

— Donne-moi, dit Omi d'une voix inexpressive, une raison de ne pas lui faire donner le bâton.

Sans quitter son air tranquille, Ateki se baissa – d'un mouvement si discret et harmonieux qu'il en passait presque inaperçu – et ramassa une feuille d'oseille des bois qu'elle roula ensuite longuement entre ses doigts.

— Éviter une guerre, se décida-t-elle enfin, ne vous paraît pas constituer un argument suffisant ?

— Un homme qui déclarerait la guerre simplement parce que j'ai fait justice ne mériterait que mépris.

Ateki laissa tomber la feuille dans le courant.

— Justice ? Serait-ce justice de punir ce jeune homme, alors que vous-même n'avez pas fait un geste pour cacher votre visage ?

— Je n'ai pas mon éventail.

— Je le sais parfaitement, vous n'avez jamais votre éventail, cependant votre manche aurait suffi.

— Lever ma manche devant mon visage, quand c'était à lui de baisser les yeux ?

— Sans doute s'attendait-il à ce que vous vous dissimuliez, seulement vous n'avez cédé ni l'un ni l'autre. C'est exactement cela, n'est-ce pas ? Juste un fâcheux contretemps.

— Un fâcheux contretemps…

Omi avait prononcé ces mots presque sans desserrer les dents. Ateki la devinait excédée.

— Venez vous mettre à l'abri des saules, conseilla-t-elle. Vous n'avez pas d'ombrelle et le soleil va vous brunir vilainement la peau.

— Stupide. Quel crime, que de se cacher du soleil de printemps !

— Le soleil de printemps est traître.

— Moins que l'homme.

Ateki leva un visage inquiet.

— Vous voulez dire ce jeune homme, Takeyori ?

— Je veux dire l'homme en général, sotte. Je me fiche de ce Takeyori. Ne prononce plus jamais son nom.

Ateki ne se formalisa aucunement.

— Voyons, Omi, ne vous fâchez pas… Mais quant à ne plus prononcer son nom, ce sera difficile. Je crains que vous n'ayez pas fini de l'entendre. C'est à cause des brigands, vous savez…

La situation devient désastreuse sur tous les shôen[1] de la région, et chaque seigneur, s'il veut protéger les villages et les récoltes, est aujourd'hui bien obligé d'avoir recours à des hommes de guerre. Il se trouve donc que Takeyori est là pour organiser la défense des terres et l'entraînement des guerriers.

— Organiser ? Il n'a pas plus de…

— Il a dix-huit ans, mais votre père a toute confiance en lui et le tient en haute estime.

Omi arrêta brusquement son pas.

— Je ne veux pas entendre « votre père ». Il n'est PAS mon père.

Ateki accusa le coup.

— Omi, ne dites pas des choses pareilles…

— C'est faux ?

— En un sens, non. Tout le monde sait que le seigneur Nagamitzu n'était que le second époux de votre mère.

— Alors, ne l'appelle pas mon père. Mon père est mort.

— Vous aviez à peine un an lorsque Nagamitzu a épousé votre mère. Vous savez qu'il vous aime, qu'il vous a toujours aimée, comme si vous étiez sa véritable fille. Il est si malheureux de voir que…

1. Domaine rural.

— Arrête, Ateki, arrête ! Ne me parle pas de lui ! Ne me parle pas de lui !

Omi avait presque crié ces mots. Elle pressait ses mains contre ses oreilles, et son visage semblait bouleversé.

Ateki la fixait sans un mot, abasourdie, déroutée. Elle essuya d'une main tremblante les larmes au bord de ses paupières, sans égard pour le fard qui lui collait aux doigts.

CHAPITRE II

SUPPORTER L'INSUPPORTABLE

La nuit était tombée depuis longtemps. Agenouillée sous la véranda, Omi ne bougeait pas, serrant contre ses genoux un peu trop maigres les plis de ses kimonos de soie.

Par la porte ouverte de la chambre, Ateki n'apercevait dans la pâle clarté de la lune que son profil. On n'avait pas allumé la lampe à huile. Dans les autres pavillons, tout semblait dormir.

— À trop contempler la lune, murmura Ateki, on peut être ensorcelé.

Omi avait-elle entendu ? Elle ne fit pas un mouvement. Elle fixait le pont, le petit pont de bois. Il se découpait en noir sur le noir. En noir sur le noir.

— C'est par une nuit comme celle-ci…

Ateki s'arrêta de respirer. Omi avait parlé, chuchoté, ou bien était-ce seulement un soupir ?

Les lucioles volaient dans le plus grand désordre, comme des âmes perdues. Avant, avant tout cela, la nuit était pleine de chants, le son du koto[1] répondait à la flûte traversière. La nuit était pleine de lumière, la danse hésitante des torches faisait surgir des fantômes éphémères, des ombres mouvantes qui s'évanouissaient aussitôt qu'on les avait aperçues. Avant tout cela, on aurait entendu le rire discret des danseuses se préparant au spectacle, le froissement mystérieux des kimonos de soie le long des vérandas.

— Vous allez prendre froid, Omi. Il est temps de rentrer.

— Chut. Écoute…

— J'entends. Ce sont les cordes des arcs.

— Une seule corde, d'un seul arc. La note est pure et grave, profonde. C'est un arc que je ne connais pas.

— Peut-être est-ce seulement à cause de la transparence de l'air, ou de la sensibilité plus fine de tous nos sens enfin régénérés à cette heure si tardive.

Elles écoutèrent un long moment, dans la plus grande immobilité.

— Vous avez raison, chuchota Ateki. La note

1. Grande cithare de bois à treize cordes.

est exceptionnelle. C'est la corde d'un arc que nous n'avons jamais entendue.

Elle songea soudain à Takeyori. Ce ne pouvait être que lui. Elle n'en dit rien, elle était sûre qu'Omi le savait aussi.

— Nul esprit maléfique, souffla-t-elle, ne pourrait résister à une vibration si ample, et d'une telle perfection. C'est comme si cela vous touchait directement au cœur… Omi, si vous rentriez. La nuit devient fraîche.

*

— Demoiselle Omi, une jeune fille ne doit pas trop en savoir. Écrivez en kana, c'est une écriture simple, suffisante pour une femme. Vouloir apprendre les caractères chinois me semble superflu.

Omi sortit de sa boîte à écrire un pinceau fin dont elle examina soigneusement le bout, puis choisit un rouleau de papier pourpre. Dame Saisho l'observait avec perplexité, s'apprêtant à répondre sèchement à une remarque désagréable, mais Omi ne fit pas de remarque du tout.

Un long moment passa dans le plus grand silence.

— On dirait, reprit dame Saisho, que vous voilà raisonnable. Savoir écouter ses maîtres est le début de la sagesse.

Omi semblait n'avoir pas entendu. Elle commença à tracer sur sa feuille des caractères fermes et soignés, sans lever les yeux. Le temps était si gris que la lumière n'arrivait pas à pénétrer à travers les carreaux de soie des fenêtres.

Dame Saisho se décida à remonter la mèche de la lampe, et se pencha pour regarder par-dessus l'épaule de sa jeune élève. Elle n'avait pas encore réussi à obtenir le moindre mot et, au lieu de la rassurer, cela l'agaçait.

— Une jeune fille, dit-elle d'un ton détaché, use de l'écriture surtout pour composer ses poèmes, aussi le kana suffit amplement.

Comme Omi ne répondait toujours pas, la vieille dame insista :

— N'est-il pas évident que j'ai raison ?

Omi souffla sur sa feuille pour sécher le dernier caractère.

— Je ne compose pas de poème, prononça-t-elle, et j'apprendrai le chinois quand je le voudrai.

Le visage de dame Saisho eut du mal à conserver son immobilité.

— Je vois, dit-elle d'un air pincé, que vous avez oublié le respect dû à vos aînés.

Aucune réaction.

— Et qu'écrivez-vous donc ?

— Je recopie le journal de Sei Shônagon.

— Ah ! approuva avec soulagement la gouvernante. Une dame d'honneur qui vivait autrefois à la cour impériale, c'est un choix judicieux.

La porte coulissa et Ateki pénétra dans la pièce. Les couleurs superposées de ses cinq kimonos, du vert au jaune, évoquaient irrésistiblement un paysage de printemps.

— Vous ressemblez à un champ de fleurs, Ateki, minauda dame Saisho. Voyez, Omi, comment une femme peut mettre en valeur le raffinement de son goût, et ainsi se mettre en valeur elle-même.

— Omi n'a nul besoin de cela, corrigea vivement Ateki. Vêtue d'un simple kimono de toile, elle ne perdrait rien de sa beauté.

— Ateki, gronda dame Saisho. Vous avez tort de flatter cette petite. Elle va finir par croire qu'il est normal pour une jeune fille de n'accorder aucune attention à sa présentation. Quand j'étais à la cour de l'empereur…

— Aucune dame n'aurait osé paraître…, enchaîna ironiquement Omi.

— Parfaitement, petite demoiselle. Aucune dame n'aurait osé paraître dans des vêtements dont les teintes n'auraient pas été parfaitement assorties. Qu'un bord de manche révèle une couleur dépareillée, et voilà la dame déconsidérée.

— Ridicule ! articula Omi sans quitter son travail des yeux. Quelle sottise, quelle futilité !

— Votre insolence me confond. Ce n'est pas à une jeune fille de votre âge de juger de l'ordre des choses. Croyez-vous qu'il soit beau, ni convenable, de ne point s'épiler les sourcils et de refuser de se noircir les dents, comme vous le faites ? Je suis au regret de vous le dire, Omi, mais vos dents blanches et vos sourcils au ras des yeux ne séduiront jamais un homme !

— Séduire un homme ? Pour quoi faire ?

Dame Saisho soupira de nouveau.

— Acceptez au moins que j'enlève tous ces vilains poils de sourcils, que j'applique sur votre visage un maquillage blanc, et que je vous dessine des sourcils très hauts, en deux gros points, ou en deux lignes minces et délicates si vous le préférez. Je me rendrai à votre choix.

— Pour que j'aie l'air d'une poupée, n'est-ce pas ?

— Pour que vous ayez l'air d'une jeune fille comme il faut. Si, depuis longtemps, les dames ont choisi de rehausser leurs sourcils, c'est bien qu'elles y ont vu un bénéfice esthétique !

Ateki n'intervint pas. Dame Saisho avait tort de pousser Omi sans cesse vers ce qu'elle refusait, cela ne pouvait qu'aggraver les choses. Elle remarqua le sourire moqueur qui se dessinait sur le visage de la jeune fille. Omi était en train de changer. De la colère qui l'emportait si souvent voilà quelques mois, elle passait à l'ironie. Était-ce rassurant ? Ateki ne savait qu'en penser.

— Vous écrivez merveilleusement bien, observa-t-elle soudain en se penchant sur la feuille pourpre. Avez-vous découvert des passages intéressants, comme l'autre jour ?

Omi leva les yeux vers sa dame de compagnie.

— J'ai aimé ceci : « *Choses élégantes* : de la neige sur les fleurs de glycine et de prunier. » « *Choses qui paraissent agréables* : les lotus de l'étang, arrosés par l'averse. »

— Quand j'étais à la cour, intervint dame Saisho, tout nous était sujet d'émerveillement ou de réflexion. À chaque instant nous demandions notre coffret à écrire. Une amie nous quittait ? Nous composions aussitôt un poème pour le lui faire apporter. Nous pensions à quelqu'un ? Tout de suite un petit billet bleu, rouge, jaune, attaché à une branche de cerisier, ou de glycine…

— Écoutez encore ceci, Ateki, interrompit Omi. Sei Shônagon nous parle du moment où elle se lève la nuit pour écouter le chant du coucou, et elle dit : « En général, tout ce qui chante la nuit est charmant. Il n'y a guère que les bébés pour lesquels il n'en soit pas ainsi. »

Ateki étouffa un petit rire gai.

— J'entends un pas, chuchota dame Saisho. Déplaçons vite le paravent pour nous mettre à l'abri des regards. Si quelqu'un entrait…

— Qui pourrait entrer ? railla Omi. Une servante !

— Il est vrai, confirma Ateki, que de visiteur, nous n'en avons guère.

Le frottement des sandales passa devant la porte sans s'arrêter.

— Quand j'étais à la cour…

— Écoutez cela, dame Saisho, coupa aussitôt Omi en posant le doigt sur un feuillet du livre qu'elle recopiait. Dans le chapitre des *Choses rares* : « Une personne qui reste sans défaut, alors qu'elle vit dans le monde. »

Dame Saisho cherchait que répliquer, quand la porte donnant sur la véranda coulissa.

— Dame Ateki, annonça une servante en s'inclinant avec respect, le seigneur Nagamitzu vous demande.

Ateki se leva vivement et courut à petits pas jusqu'à la porte de derrière où elle avait laissé ses socques de bois, les ramassa d'un geste vif et sortit du côté de la véranda.

Dès qu'elle eut disparu, dame Saisho hocha pensivement la tête.

— Ateki devrait se remarier. Voilà cinq ans que son époux est mort. Il n'est pas bon de rester seule.

— Elle n'est pas seule, elle est avec nous, observa Omi.

— Ne faites pas comme si vous ne compreniez pas. Une femme a besoin d'un homme dans sa vie. Ateki est encore jeune, elle n'a pas plus de vingt-cinq ans. Elle pourrait avoir des enfants. Vous aussi, vous vous marierez un jour. Bientôt, sans doute.

— Évitez de dire des sottises, dame Saisho.

— Omi je vous prie de ne pas parler avec une telle impudence. De ma vie, je n'ai jamais vu une jeune fille s'exprimer de pareille façon devant ses aînés. Je désespère de réussir un jour à faire de vous une femme acceptable.

— Quelqu'un vous le demande ?

— Omi !

Le visage de dame Saisho était scandalisé. Malgré l'épaisse couche de fard, on devinait que ses joues s'empourpraient.

— Oh oui, demoiselle Omi, je souhaite que vous vous mariiez, pour que vous cessiez de faire souffrir tout le monde dans cette maison, mais je plains le pauvre homme qui deviendra votre époux.

CHAPITRE III

UNE EMBARRASSANTE NOUVELLE

— Vous m'avez fait demander ?

— Oui, oui. Approchez, Ateki.

Nagamitzu semblait curieusement agité. Il avait perdu son air bonhomme, accentué d'ordinaire par la légère rondeur de son visage et le début d'embonpoint qui se laissait deviner sous sa robe d'un rouge discret. Il n'était pas seul, et sans doute était-ce la raison de son trouble.

— Vous connaissez mon frère, le seigneur Michiie, présenta-t-il.

Le visage à demi dissimulé par son éventail, Ateki se contenta d'incliner la tête. C'était la première fois qu'elle voyait de si près ce fameux Michiie, qu'on disait un guerrier redoutable. Il était de même stature que Nagamitzu, bien que plus mince et plus jeune que lui.

Ateki remarqua la blancheur de son vêtement de dessous, qui contrastait agréablement avec le violet foncé de sa robe et le violet plus clair de son pantalon à lacets, dont le bouffant retombait avec grâce jusqu'au sol. Un homme supérieurement élégant. Bien que son visage ne ressemblât pas à celui de son frère, ce qui les différenciait le plus était peut-être le regard. Autoritaire. Ateki n'eut pas le temps d'aiguiser davantage son jugement. Michiie salua et sortit.

Un moment, Nagamitzu resta sans rien dire, comme s'il ne savait de quelle manière aborder le sujet.

— Je t'ai fait venir, se décida-t-il, pour... Enfin, d'abord, je voudrais que tu me parles d'Omi. Elle m'inquiète beaucoup. Je ne sais plus comment la prendre, je ne la comprends plus. Pendant longtemps, j'ai pensé que c'était passager, mais cela me semble empirer, au contraire. Qu'est-ce qu'elle a ?

— Je n'en sais malheureusement pas plus que vous.

— J'ai pensé que tu pourrais m'aider. Tu vis avec elle, et tu n'es pas seulement sa dame de compagnie, mais son amie. Me trompé-je ?

— Je voudrais que ce soit vrai. Omi m'échappe. Parfois, je crois la comprendre, et puis tout s'effondre. Si je pouvais avoir une lumière, un signe, peut-être saurais-je l'aider. Hélas !

— Cela a commencé à la mort de sa mère, n'est-ce pas ?

Ateki inclina la tête et observa :

— Ce cruel événement l'a beaucoup marquée. Pourtant, autant je comprends son chagrin, autant je ne m'explique pas le changement qui est intervenu en elle. Rappelez-vous l'enfant agréable qu'elle était.

— Je sais, Ateki, je sais. Et plus lourde en est ma douleur. Je ne puis m'empêcher de penser que j'ai failli en quelque chose. (Il eut un geste désolé et fixa le sol.) Une fillette... comment dire... adorable. Avec un petit air réfléchi qui nous amusait beaucoup. Et puis attentive à tout et à tous. Quand je l'emmenais avec moi en visite, j'étais si fier d'elle !

Il hocha longuement la tête.

— Bien sûr, murmura-t-il, la mort de sa mère fut un drame affreux pour nous tous. Pour nous tous... (Il soupira.) À partir de ce moment-là, ce fut comme si Omi me fuyait. Plus jamais je n'ai rencontré son regard. Dame Saisho se plaint qu'elle ne lui dit que des méchancetés. Je ne la reconnais plus.

Ateki ne fit aucune observation, elle ne pouvait rien. Raconter à Nagamitzu qu'Omi refusait même qu'on prononce son nom serait trop dur pour lui.

— Enfin, conclut-il, qu'y pouvons-nous ?... Et la requête de mon frère m'embarrasse d'autant plus.

Ateki leva des yeux attentifs.

— Oui, c'est cela que je voulais te dire, reprit-il, mon frère vient de me demander...

Nagamitzu saisit sur une table basse un petit marteau porte-chance formé de quatre branches de prunier, jujubier, pêcher, camélia, liées entre elles par des fils de couleur, avant de finir :

— Il voudrait faire d'Omi sa femme.

— Omi ?

— Je ne suis pas le véritable père d'Omi, mon frère n'a donc aucun lien de parenté avec elle. Qu'en penses-tu ?

Ateki resta muette. Elle tenta sans grand succès de se répéter qu'Omi avait quinze ans, et qu'il était normal de s'attendre à une démarche de ce genre.

— Je connais mal votre frère, observa-t-elle enfin d'une voix neutre. Je ne sais que répondre.

— Dis-moi sans réfléchir l'impression que produit sur toi cette nouvelle.

Ateki lut dans son regard une grande inquiétude.

— Cette nouvelle me serre le cœur, avoua-t-elle.

Nagamitzu émit un petit grognement. Les mains dans le dos, il fit quelques pas, puis se retourna :

— Je reconnais qu'à moi aussi. Bien qu'Omi ait su se montrer odieuse ces derniers temps, je ne peux m'empêcher de penser qu'elle a besoin de moi, de nous. Je la sens fragile, et puis je ne voudrais pas lui donner l'impression que je me sépare d'elle au moment où elle me pose des problèmes. D'un autre côté, mon frère est un beau parti, une fortune solide. Il sait mener une maison.

— C'est vrai. Omi a peut-être besoin d'un homme de caractère, qui sache la guider. Mais je peux me tromper. Et si c'était tout le contraire ? Comment savoir ?

— Comment savoir...

Ils restèrent silencieux, retournant mille fois les mêmes pensées.

— Le mieux, reprit finalement Nagamitzu, est évidemment d'en parler à l'intéressée. Si je n'avais pas autant de mal à lui adresser la parole !

Il contempla douloureusement le jeu de go posé sur une table basse. Autrefois, il y jouait avec sa femme.

— Comment avons-nous pu en arriver là ? soupira-t-il. Certains jours, je me demande si un exorciste…

Ateki observait son maître qui, le front soucieux, triturait son marteau porte-chance. Il avait l'air un peu perdu.

— Elle a, continuait-il, exigé d'habiter le pavillon des glycines, le seul bâtiment dont la porte ouvre au nord. C'est pour s'opposer à moi, je le sens. Ne me dis pas que ce choix est innocent !

— Je ne sais.

— Plus je lui démontrais qu'elle avait tort, qu'elle allait attirer le malheur sur elle, plus elle se durcissait. Si tu veux le fond de ma pensée, elle habite ce pavillon pour se moquer de moi, pour me narguer, pour me signifier son mépris.

Ateki ne fit aucun commentaire. Il se pouvait que Nagamitzu eût malheureusement raison.

— Bien. Pour l'instant, je ne vois qu'une chose, et qui me coûte : il faut que je lui parle. Peux-tu lui demander de venir ?

Le regard d'Ateki s'arrêta sur la table à écrire de Nagamitzu. Elle était en désordre, et plusieurs encriers traînaient au milieu des feuillets non encore reliés d'un cahier. Non, Nagamitzu n'allait pas bien. Elle inclina la tête et sortit.

Un moment, Nagamitzu contempla le ciel gris par la porte ouverte. Il faudrait aussi qu'il parle à Omi du jeune Takeyori, et de l'intention qu'il avait de l'adopter. Puisqu'il n'avait pas de garçon, en adopter un lui paraissait raisonnable. Car mourir sans un fils qui, après lui, pourrait honorer les ancêtres, était au-dessus de ses forces.

Il s'en était ouvert à son voisin Takemasa, qui avait sept fils, et Takemasa n'avait pas fait de difficulté. Pour lui, après tout, c'était une bonne affaire : voilà son dernier fils, Takeyori [1], établi, sans qu'il lui en coûte quoi que ce soit.

Une fois adopté, Takeyori hériterait de la moitié de ses biens, l'autre revenant à Omi. Oui, cette opération paraissait judicieuse pour tout le monde. Restait à en avertir Omi…

Nagamitzu passa la porte qui séparait son bureau de sa chambre, et se dirigea vers le dieu de bois peint qui trônait au fond de la pièce. Il avait eu raison de fabriquer de ses mains cette image du bouddha Yashudi. Seul le bouddha de la guérison pouvait peut-être quelque chose pour lui.

Il se lava soigneusement les mains dans la petite cuvette de toilette, ferma les yeux et commença à prier.

1. Au Japon, le fils porte une moitié du nom de son père.

CHAPITRE IV

UN DIALOGUE DE SOURDS

C'est à peine si on entendait le bruit des socques de bois sur le plancher de la véranda qui faisait le tour de chaque pavillon et permettait de circuler de l'un à l'autre en restant à l'abri du soleil et de la pluie. Omi marchait avec légèreté, c'est peut-être tout ce qui restait de la bonne éducation qu'elle avait reçue.

Quand la porte coulissa, le cœur de Nagamitzu se mit à battre violemment. Il essaya de respirer. Il se sentait ridicule. Comment la perspective d'adresser la parole à sa fille pouvait-elle l'angoisser à ce point ?

Il mit ses mains dans le dos pour qu'Omi ne remarque pas sa nervosité, et fixa le plancher. C'est là qu'il s'aperçut que la jeune fille n'avait pas ôté ses socques pour pénétrer dans la pièce. Il était impossible qu'il s'agît d'une étourderie, cela ne pouvait s'expliquer que comme une nouvelle attitude de défi.

Ne pas se montrer lâche. Ne pas se mettre en colère non plus.

— Omi, commença-t-il en regardant courageusement sa fille, voilà bien longtemps que je ne t'ai vue, et je te trouve bien grandie.

Cela s'engageait mal. Ses paroles étaient sottes et guindées. Il eut un rire forcé.

— Allons, Omi, pourquoi ne me regardes-tu pas ? Il est tout à fait désagréable de parler à quelqu'un qui fixe le sol !

Omi leva les yeux et les planta dans les siens. Nagamitzu en fut tout retourné : on n'y lisait que la haine. Il aurait mieux fait de ne rien demander.

Et puis quoi ? C'était un peu fort, tout de même ! Il fallait s'expliquer, à la fin, et montrer qui était le maître ! Il se redressa.

— Je dois, Omi, te faire part d'une nouvelle qui vient de me parvenir, et qui, je pense, retiendra toute ton attention.

Voilà qu'il parlait, maintenant, comme il écrirait.

— Appelons cela une demande en mariage. Il est vrai que tu as l'âge, et que je n'ai aucune raison de repousser ce prétendant.

Un silence.

Nagamitzu avait parfaitement conscience que son ton de voix, sec et officiel, n'était pas ce qu'il aurait fallu. Le silence qui suivit lui permit de se reprendre.

— Tu ne me demandes pas de qui il s'agit ? Cela ne t'intéresse pas ?

— Et vous, cela vous intéresse, n'est-ce pas ? Ce qui vous intéresse, c'est de me voir quitter cette maison.

— Mais que dis-tu ? Je pense au mariage simplement parce que l'occasion qui se présente me semble favorable. Je n'ai moi-même exécuté aucune démarche… Tu connais Michiie, mon frère ? Il est bel homme, riche, et point trop âgé : il n'a que dix ans de plus que toi. Au surplus, c'est un homme courageux, et qui possède suffisamment de biens pour t'offrir une vie confortable. Tu irais à la ville, puisqu'il habite Kamakura. Sa demeure t'enchanterait ; elle est située dans la fameuse Wakamiya Oji, la rue des plus grands guerriers. Pense qu'il compte au nombre des conseillers de notre shôgun, chef de nos armées ! Et tu sais que, aujourd'hui, le shôgun détient plus de pouvoirs que l'empereur lui-même ! Tu aurais une vie mondaine très riche, que nous ne connaissons malheureusement pas ici.

— Je me moque de Kamakura.

— Mais c'est très beau, au bord de la mer, étagé à flanc de colline. Quand la brume se lève sur les vagues… Tu aimerais cela, Omi. À côté, notre pauvre shôen…

— Me suis-je jamais plainte de vivre à la campagne ?

— Je ne sais pas de quoi tu te plains, s'énerva Nagamitzu.

— Je me plains des hommes, de leur dissimulation, de leur bassesse, de leur infamie.

Les yeux d'Omi étaient emplis de violence.

— C'est, bégaya Nagamitzu, c'est pour moi que tu dis cela ?

Omi ne répondit pas. Tendue, elle continuait à le fixer sans bouger.

— Prends garde, Omi, prends garde, je pourrais… Je pourrais te faire envoyer aux travaux forcés pour une telle insolence, je pourrais te chasser, je pourrais…

— Faites-le ! (Les yeux d'Omi lançaient des éclairs.) Vous ne répondez pas, n'est-ce pas ? Parce que vous ne ferez rien. Déjà, vous regrettez vos menaces, non parce que vous m'aimez, mais parce que ce serait trop grave, trop dangereux.

— Qu'est-ce qui est dangereux ? Je ne vois là qu'événements tristes et désolants.

Nagamitzu serra les poings. Se contrôler. Se contrôler.

— Je me suis emporté, dit-il en essayant de ravaler sa colère. Tu sais que cette maison est la tienne, et…

— Et vous avez peur.

— J'ai peur de ce que tu deviens, oui !

— Ne détournez pas le sens de mes paroles. Vous ne pouvez pas me chasser, alors vous voulez me marier, n'est-ce pas ?

— Que me contes-tu là ?

— *Mon frère est un beau parti.* Il faut me convaincre. Il vaut mieux me convaincre, cela pose moins de problèmes que de m'obliger.

— T'obliger ? Qui songe à t'obliger ? (Le visage de Nagamitzu était bouleversé.) Omi, implora-t-il, je ne veux que ton bonheur. Pas un seul instant je n'ai envisagé de t'éloigner d'aucune façon. Tu épouseras celui qui te plaira. Mon intention n'était nullement…

— Arrêtez ! cria Omi. Votre langue est fausse comme votre cœur. Vous ne m'obligerez à rien parce que vous ne le pouvez pas. Je sais trop de choses. Je sais tout ! Je sais tout !

La porte glissa et se referma violemment, laissant Nagamitzu ébahi, frappé d'immobilité. Elle savait… elle savait… Que savait-elle ? Nagamitzu sortit de sa manche son mouchoir de papier. La sueur lui perlait au front. Il l'essuya d'une main tremblante.

*

Ateki ne fit aucune remarque. Quand Omi avait ce visage-là, mieux valait se taire. Que s'était-il passé ? Nagamitzu s'y était-il mal pris ? Il avait pourtant dû parler avec une grande prudence, en prenant garde à ne pas heurter sa fille de front. Alors, qu'est-ce qui avait pu mettre Omi dans cet état ?

Faire comme si de rien n'était.

Ateki continua à écraser avec soin les graines de camélia. Omi lui semblait à la fois très énervée et comme soulagée.

Venant de la cour de gauche, on entendait le grincement incessant du balancier du puits. Si les servantes tiraient de l'eau en aussi grande quantité, c'était certainement pour préparer un bain de vapeur. De réflexion en réflexion, Ateki en conclut qu'Omi avait donné des ordres pour qu'on lui en prépare un. Besoin sans doute de refaire peau neuve.

Elle versa le jus extrait des graines dans un flacon de porcelaine puis, sentant qu'Omi l'observait, elle leva les yeux et sourit.

— On dirait que le soleil va enfin réussir à percer les nuages.

— Ateki, demanda soudain Omi, pourquoi restes-tu ici, au service de Nagamitzu ?

— Je ne suis pas au service de Nagamitzu, mais au vôtre.

— Seulement parce qu'il te paye pour cela, pour m'apprendre la musique et me tenir compagnie.

— Pas seulement. Je suis bien ici.

— Il t'en faut peu. Je me demande comment tu peux supporter cette atmosphère.

La seule réponse aurait été que la détérioration de l'atmosphère n'était due qu'à la demoiselle Omi en personne, Ateki préféra donc se taire.

— Il me semble, s'amusa-t-elle soudain, que vous portez sur vous un parfum... absolument horrible. Je parie que vous revenez des mûriers.

— Si on ne surveille pas les serviteurs de près, expliqua la jeune fille, ils oublient toujours de nourrir un arbre ou deux.

— Tout de même, le jour où on leur donne de l'engrais humain, vous devriez vous abstenir d'aller patauger de ce côté-là.

— Il y a des choses bien plus sales que des excréments, et qui ne disent pas leur nom.

Ateki ne releva pas la remarque. Elle conseilla :

— Avant de prendre votre bain, vérifiez donc que le tuyau de bambou qui amène la vapeur a bien été remplacé. Un de ces jeunes guerriers qui paradent dans la cour a cru intelligent de faire bondir son cheval par-dessus, et le tuyau a été fendu d'un coup de sabot.

Omi poussa un coussin de paille vers la porte ouverte et s'agenouilla dessus.

— Y a-t-il vraiment besoin de toute cette armée ?

— La sécurité est à ce prix. Et puis ces hommes ne dérangent pas beaucoup. La plupart du temps, ils arpentent les terres à la poursuite des troupes de brigands et, comme ils logent de l'autre côté des écuries, leur présence reste discrète.

— Sauf lorsqu'ils viennent jusque dans notre cour casser les tuyaux.

Ateki rit.

— C'est exceptionnel ! L'homme avait bu un peu trop de saké... Regardez ce beau jus de camélia ! Après votre bain, si vous le voulez, je vous en passerai dans les cheveux.

— Je te remercie. Je n'en ai pas besoin.

— Juste pour me faire plaisir. Il est vrai que vos cheveux sont si beaux que c'est probablement inutile, mais nous saurions s'ils peuvent devenir encore plus lisses et plus noirs. (Elle versa de nouveau un peu de jus dans le flacon.) Quand vous étiez petite, votre mère disait...

Craignant d'avoir commis une bévue, elle suspendit sa phrase. Omi n'avait cependant pas changé d'expression et semblait d'un calme absolu.

— Que disait-elle ?

— Que vos cheveux noirciraient le jus de camélia, et non le contraire. (Elle eut un petit rire affectueux.) Vous rappelez-vous la cérémonie des cheveux, pour vos douze ans ? Votre mère avait tenu à les coiffer elle-même. Elle était très émue, vous savez. Toutes les mères ont un petit pincement au cœur quand leur fille devient grande. C'était une si belle cérémonie, tout le monde était si gai ! Votre mère a glissé les peignes artistiquement, et vous en étiez transfigurée. Vos premiers peignes ! Quel moment merveilleux !

— Et ma mère a piqué dans mes cheveux une rose trémière. C'était un autre temps.

CHAPITRE V

L'AUTRE CÔTÉ DU MIROIR

Il y eut des cris à la porte d'entrée, des exclamations, des grognements. Les bœufs avaient franchi l'enceinte, mais la voiture restait bloquée au niveau des roues.

Nagamitzu sortit de son bureau.

— Qu'est-ce que tout ce bruit ?

— C'est le seigneur Michiie, votre frère, maître. Il est venu avec un superbe chariot de voyage, malheureusement le portique d'entrée est trop étroit.

— Faites étendre des nattes sur le sol, qu'il puisse au moins en descendre sans se salir les pieds.

Nagamitzu chaussa ses sabots laqués et descendit les marches de la véranda. À ce moment précis, deux chiens passèrent en courant contre ses jambes. Il eut un haut-le-corps. Dame Saisho aurait dit qu'il avait tort de voir dans chaque détail un signe du ciel, seulement deux chiens dans ses jambes, c'était tout de même inquiétant. Il regretta d'avoir laissé son marteau porte-chance dans sa chambre. La situation était assez difficile à vivre comme cela, il lui fallait prendre toutes précautions pour se protéger d'autres désagréments. Il salua Michiie sitôt qu'il le put sans avoir à crier (ce qui n'aurait pas été convenable).

— Ah ! mon frère ! Excusez-moi de ne point venir à votre rencontre, mais aujourd'hui est un jour néfaste, et il m'est déconseillé de me diriger d'est en ouest. Si j'avais été informé de votre visite, j'aurais fait le tour par le jardin pour vous accueillir.

— Voilà qui est sans conséquence, mon frère. Mieux vaut paraître légèrement impoli que de braver les avertissements du destin. Vous me voyez beaucoup plus fâché contre votre portique que contre vous-même.

Derrière le store vert, Omi observait l'homme qui venait de pénétrer dans la cour. Elle le connaissait peu, ne l'ayant vu que deux ou trois fois quand elle était plus jeune. Il lui sembla un peu trop élégant, avec son manteau de cour couleur de cerisier et son pantalon feuille de vigne brodé de branches de glycine. Omi tendit la main et prit sa flûte.

— Qu'est-ce qu'on entend ?

— Eh bien… c'est une flûte, fit Nagamitzu, embarrassé.

— Naturellement, mon frère. Aussi n'était-ce pas le sens de ma question. Je voulais dire : qui joue aussi joliment de la flûte ?

— Eh bien (Nagamitzu soupira), je suppose que c'est Omi.

— Omi ? Vous me surprenez, mon frère.

— Hélas ! Il y a beaucoup de choses que je ne vous ai pas dites. Omi (Il ragea intérieurement. Il était sûr qu'elle l'avait fait exprès !) Omi a un caractère difficile. Je lui ai offert une cithare et un koto, sans compter la magnifique guitare qu'elle tient de sa mère, et voilà qu'elle s'entête à jouer de la flûte, pour la seule raison, je le crains, qu'il s'agit d'un instrument réservé aux hommes.

— Caractère rebelle, n'est-ce pas ? Cela ne me fait pas peur. J'ai l'habitude d'être confronté à de fortes personnalités, et un jeune guerrier indépendant et bagarreur devient vite entre mes mains un homme dévoué.

Surprenant le regard de son frère, il ajouta aussitôt :

— Un homme dévoué qui, comprenons-nous bien, n'a rien perdu de sa vaillance, mais sait la mettre au service de son seigneur.

— Une jeune fille…

— Je sais, mon frère, vous êtes un homme bon, cependant vous n'avez guère d'autorité. Les jeunes filles ont besoin d'un guide. Confiez-moi Omi, j'en ferai rapidement une femme convenable.

— C'est que je ne sais si…

— N'ayez aucun souci, je me charge de la convaincre.

*

— Non, dame Saisho, je n'ai aucune envie de le voir.

— Vous auriez tort, Omi, cela ne vous engage d'aucune façon. Et puis, pensez-y, votre position sera plus confortable que la sienne. Vous resterez derrière le paravent, il ne vous verra donc pas. Vous, en revanche, aurez le loisir de l'observer, puisqu'il se tiendra dans la lumière de la porte.

— *Observer*? Je n'apercevrai, au plus, que sa silhouette.

— Vous devinerez tout de même ses traits lorsqu'il tournera la tête de côté.

Omi resta un moment silencieuse.

— C'est bon, dit-elle, j'y consens, mais à la seule condition qu'Ateki reste avec moi.

Dame Saisho parut soulagée, tellement soulagée qu'elle était prête à accepter tous les compromis.

— Si vous le voulez. Toutefois, elle ne peut se tenir avec vous derrière le paravent. Le seigneur Michiie se rendrait vite compte qu'il y a deux personnes.

— Je me cacherai là, proposa Ateki en désignant le coin le plus sombre de la pièce, près du coffre à vêtements.

Dame Saisho balança un instant sur la décision à prendre puis, serrant ses deux mains l'une contre l'autre, elle fit quelques petits mouvements de lèvres avant de prononcer :

— C'est un grand honneur que vous fait le seigneur Michiie de s'intéresser à vous, Omi. Je ne saurais donc trop vous conseiller l'amabilité. Parlez peu, cela est toujours bien jugé, mais ne négligez pas d'exécuter quelques gestes gracieux, en laissant dépasser votre main du paravent comme par inadvertance. Vous porterez votre kimono aux manches très longues, dont on entreverra facilement le bas.

— Quelle subtilité !

Le ton d'Omi était si ambigu que dame Saisho jugea probable que l'affreuse péronnelle était en train de se moquer d'elle. Elle se trouva soudain affectée d'un fâcheux pressentiment. Il fallait prier pour que tout se passe bien. Qu'on demande Omi en mariage, connaissant son abominable caractère, son visage sans fard et ses dents blanches, était déjà inespéré. Pourvu qu'elle n'aille pas tout gâcher !

Michiie avait laissé ses sabots noirs près de la porte de la véranda, et son pantalon à lacets retombait maintenant avec élégance sur le plancher. Il en glissa le bas sous ses pieds pour rendre sa démarche feutrée et gracieuse, et vint s'agenouiller face au paravent.

— Je vous suis infiniment reconnaissant, commença-t-il, de m'avoir fait la grâce de me recevoir. On m'a tant vanté les mérites de votre beauté que le cœur me pressait de vous rencontrer enfin.

« Fourbe », pensa Omi.

— Je viens juste d'arriver de Kamakura. J'aurais souhaité pouvoir venir plus tôt, mais notre vénéré shôgun Yoritomo m'a fait appeler comme je partais pour me demander mon avis concernant un point important de politique.

« Vantard. »

— Enfin, dès que j'ai pu me libérer de mes obligations, j'ai fait atteler mon chariot de voyage qui, bien sûr, manque de la finesse et de la grâce des palanquins que je choisis pour mes déplacements en ville, mais se révèle éminemment plus solide pour de plus longs périples.

« Faraud. »

— Je suppose que votre père vous aura parlé, et mieux que je ne puis le faire moi-même. (Il eut un petit rire retenu et affecté.) Un guerrier de mon espèce sait sans doute moins bien qu'un lettré parler aux femmes de qualité – bien que notre shôgun me fasse l'honneur de considérer mes pauvres poèmes avec beaucoup de bienveillance et une attention qu'ils ne méritent sans doute pas.

— ...

— Vous-même, m'a-t-on dit, savez manier le pinceau avec esprit.

— ...

Michiie se contorsionnait le plus discrètement possible afin d'essayer de discerner la forme derrière le paravent. Quand on doit prendre femme, hormis sa richesse il n'est pas nuisible de considérer aussi sa beauté et, si possible, de ne pas la choisir trop laide. Il n'avait pas encore réussi à apercevoir ne serait-ce que le bas de la manche de celle-ci.

— Je ne pense pas que vous connaissiez mon palais de Kamakura...

— ...

— Vous en a-t-on parlé, déjà ?

— …

— Le plaisir me serait infini d'entendre le son de votre voix. La discrétion de bon aloi qui révèle le raffinement de votre éducation peut maintenant perdre de sa rigidité.

— …

— En un mot, si vous me répondiez, cela ne saurait passer pour de mauvaises manières.

— La renommée qui est la vôtre a su franchir les barrières de notre modeste shôen, prononça enfin la voix derrière le paravent.

Un sourire discret se dessina sur le visage de Michiie. Il aimait la douceur de l'intonation. Cette fille serait sûrement plus soumise que ne semblait le croire son père.

Cachée par le paravent, Ateki n'osait plus bouger. Il lui semblait que sa voix avait tremblé, et le seigneur Michiie risquait de nourrir des soupçons. Il lui tardait que finisse cet entretien. Elle jeta un regard inquiet vers sa jeune maîtresse dissimulée par le coffre à vêtements.

Omi lui adressa un geste d'apaisement. Michiie semblait ravi de ce qu'il venait d'entendre. On aurait dit un coq de basse-cour venant d'écraser dans une bagarre un rival gênant. Que Michiie croie que c'était elle qui avait répondu, elle s'en moquait complètement. De son coin d'ombre, elle observait le bavard prétentieux, qui débitait à présent des fadaises en hésitant sans cesse entre la douceur du poète et la fermeté du guerrier. Ne connaissant pas son interlocutrice, il tâchait de jouer tour à tour sur tous les registres, pour la conquérir d'une façon ou d'une autre. Quel fat ! Voilà qu'il suait, maintenant. Son fard blanc se détachait en lourdes gouttes et glissait le long de ses tempes. C'était répugnant. Et puis ses yeux lui déplaisaient. Jamais elle n'épouserait ce poseur au regard fuyant. La question était résolue.

Le plafond de la chambre semblait plus sombre. Le bois se patinait, marquant imperceptiblement chaque jour qui passait. Pourquoi le remarquer à cet instant, alors que tout ne pouvait être qu'impressions au royaume de la nuit ?

On avait passé l'heure du rat[1], et Omi ne dormait toujours pas. Elle aurait peut-être dû s'allonger sur son matelas, entre les rideaux de soie. Au lieu de cela, elle prétendait trouver le sommeil étendue sur le plancher, la tête sur sa boîte à écrire. La laque était douce sur sa joue, et quand elle relevait un peu la tête, celle-ci collait un court instant à sa peau, chaude et vivante. Quel esclandre ! Quand Michiie avait découvert que ce n'était

1. Entre minuit et deux heures du matin.

pas elle, mais Ateki, derrière le paravent, il en avait été ulcéré. La rage déformait ses traits. Pouah ! Qu'il était laid ! Après cela, à la lueur de la lampe à huile, Omi avait recopié des pages et des pages du journal de Sei Shônagon en essayant de ne penser à rien.

Elle entendait à travers la cloison la respiration régulière et sonore de dame Saisho. À tâtons, elle chercha un mochi [1] sur le plateau, près de sa boîte à écrire, et le grignota. Au-dessus de sa tête, il y avait comme une boule noire. Non, ce n'était pas un trou, c'était seulement l'image de la lune. Il suffisait, par la fenêtre ouverte, de fixer longuement le disque blanc, et de ramener très vite le regard sur le plafond. Aussitôt, une lune noire s'y dessinait, auréolée d'une clarté blafarde.

Omi cessa brusquement de mâcher. Ce rond n'était pas seulement l'image de la lune, c'était aussi celle du miroir. Sa mère voulait lui parler !

Elle s'assit. D'un geste rapide, elle ramena sa robe de dessous sur ses pieds et glissa à genoux vers le coffre de bambou. Pas besoin de lumière, elle en connaissait le contenu par cœur.

Elle détecta sous les tissus légers le froid métallique du miroir et l'extirpa de sa cachette. Puis, le serrant contre son cœur, elle se releva et,

1. Petit gâteau.

à pas légers pour ne pas réveiller Ateki et dame Saisho qui dormaient de l'autre côté de la mince cloison, elle alla récupérer sur le haut du paravent son kimono de dessus et l'enfila.

Faire coulisser la porte en silence. La véranda. La lune qui la regardait, la fraîcheur de la nuit.

Le miroir était terni. Elle le frotta de sa manche jusqu'à ce qu'il renvoie les reflets glacés de la blanche lumière. Le miroir de sa mère. Il gardait son image, fragile, éphémère. Pourrait-elle encore la voir ?

Il fallait penser fort, si fort et si tendrement que les larmes montaient aux yeux. Alors l'image venait, faible et tremblante. D'abord, sa mère lui souriait, puis elle se penchait sur un lourd tissu de soie et cousait des points délicats, sans quitter son aiguille des yeux. À chaque fin de rang, elle levait un regard affectueux vers sa fille et souriait. Parfois, elle lui faisait signe d'approcher et mesurait son bras ou la largeur de ses épaules avec une tige de bambou. C'était pour elle que Masako confectionnait ce manteau si doux, si léger, si souple sur sa cloche de roseau.

D'autres jours, Omi voyait sa mère près de son écritoire, tenant à la main un pinceau et évaluant sa qualité du bout du doigt. Elle disait que c'était un merveilleux pinceau, durci à souhait, idéal pour une écriture fine et précise, pourtant

Omi n'arrivait pas à entendre les paroles, elle les devinait seulement au mouvement des lèvres.

Ce soir, sa mère avait l'air triste. Ni beau tissu ni écritoire. Par-dessus l'épaule d'Omi, elle contemplait le lointain d'un regard plein de mélancolie.

— Mère, je vous vengerai, chuchota Omi. Ce couteau à ma ceinture verra le sang. Mère, ne me quittez pas…

Hélas, l'image avait disparu. Omi passa ses doigts sur le miroir. Les larmes qui roulaient maintenant sur ses joues, elle ne les sentait pas. Une à une, elles tombaient silencieusement sur la soie de ses manches. Elle serra convulsivement le miroir contre sa poitrine et fixa la lune.

CHAPITRE VI

LE CHANT DANS LES MÛRIERS

Un pas d'homme.

Dame Saisho ferma vite les lèvres. C'était encore manqué ! Chaque fois qu'elle entreprenait de se passer du noir sur les dents, quelqu'un arrivait et elle était contrainte de refermer la bouche avant que le tesshô[1] ne soit sec. Tout serait à refaire !

Cette fois, la surprise tempéra sa mauvaise humeur.

— Takeyori ! s'étonna-t-elle.

D'un geste expérimenté, elle dissimula derrière son éventail le bas de son visage et répéta un peu plus haut :

— Takeyori, je ne rêve pas, c'est bien toi !

— C'est moi, ma tante.

1. Poudre noire.

— Que fais-tu donc sur le domaine du seigneur Nagamitzu ?

— Vous l'ignorez ? Le seigneur Nagamitzu m'a engagé pour former une petite troupe de guerriers et organiser la défense de son shôen.

— Ah. J'en avais entendu parler, toutefois j'ignorais qu'il pût s'agir de toi ! Comment va ma sœur ?

— Ma mère se porte bien. Je ne la vois malheureusement plus guère depuis qu'elle a décidé de se retirer dans un monastère. Je crois que sa vie lui plaît. Vous savez qu'elle n'a jamais beaucoup apprécié le monde.

— C'est vrai, quel dommage ! Ton père qui aurait tant aimé la vie de cour ! Ah ! Je me rappelle autrefois…

Dame Saisho rêva un instant, puis, revenant sur terre :

— Mon pauvre garçon, te voilà condamné à vivre à la campagne, éloigné du pouvoir, éloigné du monde.

— Voilà qui ne me dérange pas du tout, ma tante. Je ne supporterais pas la vie du palais, les pièces sombres, les rires discrets des courtisans derrière leurs manches.

— Serais-tu comme ta mère ? s'inquiéta subitement la gouvernante.

Pour toute réponse, le jeune homme se mit à rire. Dame Saisho le considéra longuement et hocha la tête d'un air pensif.

— Mon neveu, te voilà devenu un bien beau jeune homme. Quand je pense que...

Elle hocha de nouveau la tête. Takeyori ne saurait jamais ce qu'elle pensait, et c'était sans grande importance.

— Mais voyons, s'exclama-t-elle soudain, c'est donc toi que le seigneur Nagamitzu veut adopter ?

— Il me fait cet honneur et cette amitié. Et justement, ma tante, il est à ce propos une question que j'aimerais vous poser, si vous me le permettez.

— Bien sûr, mon garçon, minauda dame Saisho. Si je puis t'être d'une quelconque utilité...

— Nagamitzu veut m'adopter, cependant il a déjà une fille, n'est-ce pas ?

— Oh oui ! prononça dame Saisho d'une voix pleine de sous-entendus.

— ... jolie, qui portait ce matin un kimono couleur de prunier rouge ?

— Ma foi, je ne puis le dire, je ne l'ai pas vue depuis l'aube.

— Moi, je l'ai vue. Dans les mûriers.

— Dans les mûriers ? Alors c'est sûrement elle ! Elle passe la moitié de son temps à s'occuper des vers à soie.

— Elle chantait.

— Elle chantait ?

L'excellente éducation de dame Saisho corrigea aussitôt l'expression de son étonnement.

— Oui, ma tante, elle chantait. Elle ne m'a pas vu. Je me suis approché doucement. Elle me tournait le dos, elle leur parlait.

— À qui parlait-elle ? s'inquiéta la gouvernante.

— Aux chenilles.

— Aux… Voyons, tu as dû te tromper, il y avait quelqu'un d'autre avec elle.

— Il n'y avait personne.

Allons ! s'alarma dame Saisho, voilà qu'Omi devenait folle, à présent.

— Elle parlait aux chenilles d'une voix triste, précisa Takeyori. Elle leur disait qu'il fallait lui pardonner. Qu'eux, pauvres vers à soie, n'étaient que des esclaves. Une fois qu'ils auraient bien filé, on leur prendrait leur soie et ils en mourraient. Enfin, je répète mal ses paroles… Et puis elle a commencé à chanter tout doucement.

— Ah ! fit dame Saisho soulagée, je comprends. Il paraît que lorsqu'on chante, les chenilles tissent mieux, et Omi aime la soie.

— Ce n'est pas pour cela, ma tante, je ne crois pas.

— Qu'en sais-tu ?

— Je le sens.

— Eh bien, tu sens mal. Tu ne la connais pas, cela se voit. Ce n'est pas le genre de personne à faire quoi que ce soit par gentillesse.

— Vous croyez ?

— Si je le crois ? Pense donc, depuis la mort de sa mère, c'est moi qui m'occupe de la maison. Eh bien (elle baissa la voix), je suis au regret de le dire, car je n'aime pas beaucoup dénigrer qui que ce soit, toutefois un être aussi odieux, j'en ai rarement vu. Tu ignores tout d'elle, c'est à peine si tu l'as aperçue !

Takeyori secoua la tête.

— Ce n'est pas la première fois que je la rencontre.

— Comment cela ? Tu t'es déjà trouvé en sa présence ?

Takeyori fit un signe affirmatif.

— Ce n'est guère convenable. Tu ne dois pas circuler dans les mêmes lieux qu'elle !

— Je regrette, ma tante, mais je suis chargé de la sécurité du domaine, et j'irai où je dois.

— J'espère que tu t'es éloigné aussitôt que tu l'as aperçue.

— Que non. Je suis passé à deux pas, et je l'ai regardée.

— Tu l'as regardée !?

Takeyori se mit à rire.

— Si ses yeux avaient été des poignards, je serais mort sur-le-champ.

— Oh ! Je ne peux pas lui donner tort. Tu as fait là une chose affreuse… En tout cas, tu as bien vu qu'elle n'est aucunement douce.

— J'ai vu. Mais ce matin, elle chantait, ma tante.

— Pour avoir de la soie plus belle, je te le répète.

— Je n'en crois rien, ma tante.

Takeyori s'était éloigné, laissant dame Saisho perplexe et un peu fâchée. Sans quitter le plancher de la véranda, la vieille gouvernante se redressa le plus possible pour tenter de voir loin et de découvrir Omi. Celle-ci ne se trouvait pas dans la cour principale, ni du côté des écuries – ce qui n'était pas la place d'une jeune fille ; déjà un bon point. Personne non plus vers le ruisseau, au moins dans la partie qu'on en apercevait entre le petit pont et le lac. Dame Saisho suivit des yeux le passage de grosses pierres qui menait à l'île. De ce côté-là, la végétation était trop touffue pour qu'on pût distinguer quoi que ce fût.

Troènes, chênes, érables, thuyas ou camphriers, voilà que semblaient poindre les jeunes feuilles. Retenir Omi dans les appartements deviendrait de plus en plus difficile. Bientôt les orangers seraient en fleur, il faudrait lutter pour qu'elle ne passe pas des journées entières au jardin, où le soleil lui brunirait la peau. Si la jeune fille ressemblait à une sauvage du Nord, certains pourraient considérer que c'était sa faute à elle, pauvre gouvernante.

Où était donc Omi ?

Certes, un groupe de guerriers menés par un jeune samouraï était utile, mais si on ne pouvait plus se promener dans le jardin sans risquer d'y rencontrer des cohortes de jeunes gens, comment imaginer élever convenablement une jeune fille ? Maintenant, qu'elle le veuille ou non, Omi serait bien obligée de se munir de son éventail.

Ah ! Pourquoi dame Saisho avait-elle accepté la charge énorme de s'occuper de cette insupportable petite personne ? Il fallait vivre, bien sûr, et la mort de son époux l'avait laissée sans grandes ressources…

— Ateki ! Avez-vous vu Omi ?

— Elle se trouve de l'autre côté du bois de bambous, à regarder les serviteurs drainer la partie haute du ruisseau. Rassurez-vous, elle m'a promis d'observer sans se montrer.

— Et vous lui faites confiance ?

— Elle a quinze ans, je ne peux l'enchaîner.

*

Omi longea les greniers à soie, passa entre les resserres à riz et celles où l'on remisait le chanvre. Elle aimait cet endroit, tous ces petits bâtiments de pierre qui contrastaient avec les grandes maisons de bois de la partie d'habitation. Il n'y avait personne. Elle jeta un coup d'œil dans l'entrepôt de riz. La quantité de grains en réserve ne lui sembla pas considérable. En face, le chanvre de l'année n'était pas encore rentré et le grenier était presque vide. Seul le coin gauche était occupé par le coffre contenant les instruments de musique, qu'on rangeait là afin de les mettre, eux aussi, à l'abri des incendies.

Un bruit de voix. Omi se colla contre le mur. Deux hommes passèrent. Leur costume rayé indiquait qu'il s'agissait de deux gardiens de chevaux. Les chevaux… Elle songea que depuis bien longtemps elle n'avait pas visité les écuries. Non, elle n'irait pas aujourd'hui : le vétérinaire itinérant était de passage, il devait saigner les bêtes aux gencives et elle détestait la vue du sang.

Quand Omi déboucha en haut de la cour principale, elle aperçut un homme à cheval. Bonnet pointu, veste croisée vert foncé, hakama violet. Il portait un carquois empli de flèches empannées de plumes de faucon noir, et un arc immense.

De ces guerriers dont la voie est celle du cheval et de l'arc…

Il lui tournait le dos, visant de sa flèche une cible qu'on avait installée au centre de la cour.

De l'autre côté, à la porte du bâtiment principal, on devinait la silhouette de dame Saisho qui contemplait la scène. Omi fit demi-tour. L'entraînement des guerriers ne l'intéressait absolument pas.

Des guerriers… Elle s'arrêta soudain et tourna la tête vers l'homme à cheval.

Naturellement il s'agissait de cet odieux personnage, comment ne l'avait-elle pas reconnu tout de suite ? Pourvu qu'il ne se soit pas aperçu de sa présence ! Il aurait pu s'imaginer qu'elle était là pour admirer son adresse.

Elle fila entre les greniers pour rentrer par la petite cour du pavillon des glycines.

Près du pavillon de la Belle Vue, Nagamitzu, immobile, était en contemplation devant un morceau de tuile cassée. Il le tournait et le retournait entre ses doigts comme s'il était brûlant. L'agacement pointa. Il était en train de se dire (elle l'aurait parié) que ce morceau de tuile recelait un signe du destin.

Le visage fermé, Omi se faufila jusqu'à sa chambre. Là, son regard erra un long moment sur les étagères à flacons, sur les boîtes aux couleurs brillantes et les brûle-parfum. Dans deux coins opposés de la chambre, deux miroirs se faisaient face – deux miroirs posés là par Nagamitzu pour chasser les mauvais esprits. Omi poussa un coffre de bois et monta dessus. Elle décrocha d'abord l'un des miroirs, puis l'autre, les mit sous son bras et sortit. Elle les déposa à sa porte, sous la véranda.

Des pas. Ceux de dame Saisho, qui la cherchait sans doute, puisque c'était sa principale occupation. Omi se glissa derrière le paravent.

Comme à son habitude quand elle était fâchée et se croyait seule, dame Saisho bougonnait des mots sans suite. En arrivant devant la porte de la chambre, elle arrêta net à la fois de parler et de marcher. L'émotion, sans doute. D'un geste lent et théâtral, elle ramassa les miroirs.

Omi ne voyait pas son visage, mais elle en imaginait l'expression scandalisée. Venant de la grande cour, on entendit le son lourd du grand tambour.

Dame Saisho releva la tête et, changeant aussitôt de préoccupation, elle recommença à s'agiter.

Le plancher de la véranda se mit à craquer, les socques de bois reprirent leur martèlement.

Elle dut s'arrêter au bout de la véranda, car le bruit cessa d'un coup puis revint. Dame Saisho se tenait juste devant la porte, mais elle regardait au loin. On sentait qu'elle voulait attirer l'attention de quelqu'un sans y parvenir. Enfin, d'une voix qu'elle essayait de garder discrète, elle tenta :

— Takeyori !

Son appel léger n'eut sans doute pas de succès, car la gouvernante se mit à exécuter à nouveau de petits mouvements nerveux. Il n'était naturellement pas question de gesticuler ni de crier, et cela semblait lui poser problème.

Enfin, son visage prit une expression soulagée, et un instant plus tard, on entendit un second pas sous la véranda.

— Vous souhaitiez me voir, ma tante ?

— Oui. Excuse-moi de te déranger, Takeyori, mais puisque tu vois tout, j'ai pensé que tu saurais peut-être où se trouve la demoiselle Omi.

— Vous l'avez perdue ?

— Perdue… Je ne sais pas où elle est, c'est tout, et cette petite effrontée serait capable de traîner dans les endroits les plus inconvenants, les greniers, les écuries, que sais-je ?

— Je regrette de ne pouvoir vous aider…

Dame Saisho serra ses mains contre sa poitrine.

— Elle me fera devenir folle. Qui a pu lui donner une éducation aussi déplorable ? Sa pauvre mère était passablement bizarre mais, tout de même, c'était une personne comme il faut. Une femme douce, à ce qu'on en dit. Peut-être trop douce. Elle aura gâté sa fille. Et c'est moi qui ai hérité de cela !

— Y a-t-il longtemps qu'elle n'a plus de mère ?

— Deux ans. Voilà deux ans, oui…

— Comment cela est-il arrivé ?

— Masako s'est noyée dans le lac.

Il y eut encore quelques mots échangés, la promesse de se tenir informés si on retrouvait Omi, puis un pas résonna de nouveau. Le jeune homme s'éloignait.

La gouvernante le suivit un moment des yeux.

— Dame Saisho, ma mère ne s'est pas noyée dans le lac.

Suffoquée, la vieille dame porta vivement la main à son cœur. La voix était toute proche, juste dans son dos. Elle tourna vers la chambre un regard furieux.

CHAPITRE VII

SURPRENANTE IRRUPTION

— Je vous assure, Ateki. Elle était cachée dans la chambre et, tout à coup, elle a dit d'une voix terriblement calme : « Dame Saisho, ma mère ne s'est pas noyée dans le lac. »

Ateki secoua la tête.

— Je ne comprends pas.

— On m'avait pourtant dit quand je suis arrivée ici… Sa mère ne s'est pas noyée dans le lac ?

— Hélas, si.

— Alors, Omi devient folle.

— Gardons-nous de penser au pire.

— Voyez-vous une autre explication ?

Ateki ne répondit pas. Elle ne voyait aucune explication. On avait bel et bien repêché le corps de la jeune femme flottant au milieu des lentilles d'eau, avec sur le visage une expression d'étonnement et de crainte. Elle, Ateki, y était, elle avait vu. De ses propres yeux.

Masako avait dû glisser sur la mousse qui tapissait les rives de la petite île. Ce qu'on ne s'était jamais expliqué, c'est pourquoi elle se trouvait dans l'île au milieu de la nuit. Certes, Masako était une femme un peu étrange, solitaire, sortant souvent dans l'obscurité pour le seul plaisir d'entendre le chant du coucou dans les orangers en fleur, de contempler la lune, néanmoins elle savait que le gué qui menait à l'île était dangereux la nuit, et glissant. Pourquoi s'était-elle aventurée là-bas ?

Dame Saisho marmonna des choses dont Ateki ne saisit pas le sens. Cela finit de façon plus claire par :

— ... et j'espère que le mariage lui mettra un peu de raison dans la tête et de grâce dans le cœur. Le seigneur Michiie est bien indulgent de maintenir sa demande. Je ne sais si c'est de l'aveuglement ou de la générosité, mais je souhaite qu'il ne change pas d'avis. Omi ne retrouvera jamais une occasion comme celle-ci.

Omi s'arrêta net. De la pièce où l'on avait accroché les peintures du bouddha venait de sortir un être bizarre. On n'entendait plus la voix des prêtres lisant les sutras [1], la cérémonie était donc

1. Prières.

terminée. Alors, que faisait là cet inconnu ? Omi n'arrivait pas à décider s'il s'agissait d'un garçon ou d'une fille. Cheveux coupés droit à hauteur des épaules, curieux costume constitué d'une blouse serrée à la taille et d'un pantalon de toile qui ne descendait pas en dessous du mollet. L'inconnu ne s'était pas aperçu de sa présence, il était occupé à faire coulisser la porte le plus discrètement possible pour la refermer, ce qui n'était pas aisé avec une seule main. Car l'autre main était indisponible : elle serrait précieusement quelque chose qu'Omi ne voyait pas.

— Que fais-tu là ? demanda-t-elle d'un ton sec.

L'inconnu sursauta et se retourna d'un bond. Au mouvement de ses yeux, Omi comprit qu'il cherchait comment s'enfuir, puisque l'autre bout de la véranda était un cul-de-sac et qu'elle-même bloquait le passage de ce côté-ci.

D'un regard, il évalua la hauteur de la rambarde et jugea apparemment impossible de sauter par-dessus en ne s'aidant que d'une main. Il prit alors un air arrogant et planta ses yeux dans ceux d'Omi.

— Vous ne pouvez pas me refuser ça !

Il fallut à Omi un moment pour comprendre. À la réflexion, elle connaissait les mots, elle saisissait la phrase, c'était seulement l'accent qui l'avait surprise.

— Te refuser quoi ? Qui es-tu ? s'informa-t-elle d'un ton autoritaire.

— Je ne suis personne. Personne pour vous. Je suis la fille d'un paysan de votre domaine.

Omi détailla discrètement cet étrange personnage qui disait être une fille. Le visage n'était pas laid. Les yeux commençaient à s'affoler et les lèvres tremblaient. Avait-elle peur à ce point ?

— Tu n'as pas répondu à ma première question. Tu parlais de te refuser quelque chose.

— Les offrandes (la voix n'était plus qu'un souffle), les offrandes au bouddha.

Omi contempla la fillette d'un œil incrédule.

— Les offrandes ? Tu veux dire que ce paquet que tu caches sous ta chemise est le bol de riz du bouddha ?

La fillette semblait avoir de plus en plus de mal à respirer. Toute l'assurance qu'elle avait tenté de rassembler s'était envolée.

— Il... ne le mangera pas, prononça-t-elle d'une voix saccadée. Il... veut bien que je le prenne.

Omi resta un moment silencieuse, essayant de comprendre l'horizon insolite qui s'ouvrait devant ses yeux. Ainsi, cette petite fille appartenait au peuple, au monde des paysans qui cultivaient la terre au-delà des limites du manoir, de l'autre côté des murs de bambou du jardin. Et elle voulait le riz du Bouddha.

— Que veux-tu faire de ce riz ?

La fillette ouvrit des yeux ronds, comme si elle n'était pas sûre d'avoir saisi la question.

— Le manger…

Comme Omi la fixait toujours, elle ajouta :

— Pas moi toute seule. C'est pour ma famille, mes frères et mes sœurs, et le grand-père qui refuse de se nourrir depuis une semaine pour nous laisser les derniers grains de mil.

Le visage d'Omi tentait de garder son immobilité. Était-ce facile, au moment où son cœur était envahi par la plus profonde stupéfaction ?

— Vous n'avez rien d'autre à manger ?

La fillette fit un signe négatif.

— Même pas du riz ?

— Oh ! belle dame, le riz, c'est seulement pour les seigneurs. Nous ne gardons qu'un peu de la récolte, et nous le mangeons pour les fêtes.

— Tu parles de récolte. Qu'en faites-vous si vous ne la mangez pas ?

Du coup, la fillette releva la tête, un peu décontenancée.

— Les récoltes de riz, nous les donnons au seigneur pour payer l'impôt.

— Au seigneur Nagamitzu ?

— Oui…

— C'est le seigneur Nagamitzu qui confisque toutes vos récoltes ?

La petite paysanne prit peur.

— Il ne faut pas dire cela, belle dame. Le seigneur Nagamitzu est un bon seigneur. Cette année, à cause du typhon et des inondations, il n'a presque pas prélevé d'impôt. Il ne veut pas que ses paysans meurent de faim. Belle dame, on ne doit pas dire du mal du seigneur Nagamitzu, il faut bien qu'il mange, lui aussi. Et puis un seigneur, ça n'a pas l'habitude, ça ne peut pas manquer…

L'habitude d'avoir faim ? Bien sûr, Nagamitzu ignorait la faim. Elle aussi, d'ailleurs. Omi repensa aux greniers qui – elle l'avait remarqué – étaient moins pleins que d'habitude, mais assez pour mettre les habitants du manoir à l'abri de ce mot incongru. Faim au point de venir voler l'offrande au bouddha ?

Ainsi, il y avait cela derrière les rideaux de bambou du jardin ?

Comment aurait-elle pu le savoir ? Une jeune fille ne sortait jamais de son domaine, ou alors en voiture fermée, et uniquement pour des visites à sa famille. Durant les courts voyages qu'elle avait effectués, elle s'était permis, à deux ou trois reprises, de soulever le rideau de la fenêtre, et avait aperçu un bosquet, quelques champs ou les contreforts de la montagne.

— S'il vous plaît… vous ne direz rien, vous me laisserez partir ?

La fillette tendit une main implorante.

Les yeux d'Omi suivaient chacun de ses mouvements.

— Tu as de curieuses mains, observa-t-elle.

Du coup, la fillette examina sa main libre pour tenter de détecter ce qui lui valait cette remarque.

— Elles sont toutes striées, finit Omi.

— Ah !… Elles ne sont pas toujours comme ça ! Là, c'est à cause de l'arrachage du riz. Ça coupe drôlement !

— Vous arrachez le riz ? reprit Omi sans savoir à quoi cela correspondait. Il va donc y avoir une nouvelle récolte ?

— Non, pas maintenant. Là, on arrache les jeunes plants et on va les repiquer. La récolte, c'est dans longtemps. Il faut d'abord que la tige pousse et que le grain se forme dans l'épi.

Omi fit un mouvement affirmatif, qui pouvait tout aussi bien signifier qu'elle le savait déjà, ou qu'elle venait de le comprendre. Un long moment, elle resta immobile, à réfléchir.

— Comment t'appelles-tu ? demanda-t-elle enfin.

— Kiku.

— Écoute-moi, Kiku. Pour l'instant, je ne peux rien pour toi, mais reviens demain.

La fillette baissa les yeux, comme pour mieux saisir ce qu'elle venait d'entendre.

— Reviens demain très tôt, répéta Omi. Va-t'en vite, maintenant.

Kiku s'inclina plusieurs fois. Il y avait dans ses yeux un peu de surprise mêlée de crainte. Elle dépassa Omi en se confondant encore en courbettes, puis accéléra le pas et se mit enfin à courir. Ses pieds nus volaient sur le fin gravier.

Omi ne la quittait pas des yeux. Elle nota la souplesse avec laquelle elle passait le mur à un endroit où, miné sans doute par les récentes pluies, il était à moitié effondré. Son monde à elle s'était toujours arrêté à ces murs de terre et de bambou qui défendaient le domaine. Elle avait soudain l'impression que, par cette brèche ouverte, toute une vie protégée et artificielle s'en allait, aspirée par l'inconnu qui régnait là-bas, de l'autre côté.

CHAPITRE VIII

UN KIMONO BLANC

— Ateki, commença Omi, je suppose que tu sais qu'il y a des paysans qui vivent sur le domaine de mon père.

— Bien sûr.

— Les connais-tu ?

La jeune femme sourit.

— Non, naturellement. Tout comme vous, je sais leur existence, rien de plus.

— Tu ne connais pas leur nom ?

— Allons, intervint dame Saisho, ces gens-là ont-ils seulement des noms ?

— Ils en ont probablement, jugea Ateki, mais comment les saurions-nous ?

— Et nous n'avons pas à les savoir, trancha dame Saisho d'un ton catégorique. S'intéresser au nom des subalternes est du plus mauvais goût. Et même si, par hasard, vous en connaissiez un, Omi, ne le répétez jamais. Cela fait commun.

Dame Saisho examina ostensiblement les différents reflets du panneau de soie sur lequel elle travaillait. Elle était fort contente de sa sortie, et d'avoir pu attirer l'attention de son élève sur les codes d'un savoir-vivre que celle-ci négligeait trop souvent.

— Quelle sottise !

Naturellement, c'était la voix d'Omi, mais la phrase avait été lancée de façon si distraite que dame Saisho ne sut s'il fallait répondre.

Ateki déroulait sans rien dire un rouleau de soie. Elle en évalua la longueur, puis commença à le découper en bandes régulières.

— Si vous voulez commencer une nouvelle peinture, dame Saisho, remarqua-t-elle, cette soie me semble de toute beauté.

— Je n'en aurai pas le temps aujourd'hui. Il faut que je veille à l'organisation du repas. Je pense que vous n'avez pas oublié que nous devons toutes trois le prendre en compagnie des seigneurs Nagamitzu et Michiie.

Elle lança un regard méfiant vers Omi et constata avec satisfaction son absence de réaction. Ô Bouddha Amida [1] ! Faites que tout se passe bien. Ô Bouddha Amida !

1. Bouddha « lumière éternelle ».

— Il va d'ailleurs être temps de nous préparer, reprit-elle. Ateki, vous aiderez notre demoiselle à se parer.

— Ne m'agacez pas, dame Saisho, répliqua Omi, vous savez fort bien que je n'ai besoin de personne.

La gouvernante se retint d'exploser. C'était bien par amitié pour Nagamitzu qu'elle supportait l'insupportable !

— Une jeune fille de votre rang…

— … vous prie de la laisser agir à sa guise.

— Cela ne me gêne pas de vous aider, intervint Ateki.

— Je n'en ai pas besoin, merci.

— C'est que, reprit dame Saisho, vous ne saurez peut-être pas choisir l'harmonie de kimonos qui conviendrait à la situation.

— Qui vous conviendrait à vous, sans doute pas. Qui me conviendrait à moi, si.

— Nous pourrions choisir ensemble, insista la gouvernante.

À son grand soulagement, Omi ne se fâcha pas.

— Si vous portiez, tenta-t-elle alors, un arrangement de kimonos de différentes nuances de vert et d'écarlate, en gardant pour le dessus votre kimono broché, d'écarlate foncé à feuilles de saule ?

— Avec votre manteau de damas feuille de vigne, renchérit Ateki, ce serait du plus bel effet.

— Peut-être.

Les deux femmes respirèrent. On aurait dit que tout allait merveilleusement, aujourd'hui. Le ciel s'éclaircirait-il ?

— Soyez bien à l'heure, conseilla Ateki.

— Au premier battement de tambour, précisa dame Saisho.

Omi inclina la tête. Cela voulait-il dire qu'elle s'y engageait, ou simplement qu'elle avait entendu ?

Personne n'osa insister. Sans plus s'occuper des deux femmes, Omi continuait de rouler entre ses doigts une cordelette d'un violet foncé destinée à relier des feuillets.

Au centre de la salle des réceptions, on avait disposé les petites tables individuelles devant les coussins de paille.

Ateki se tenait près de la porte, immobile, tandis que dame Saisho donnait à voix basse les derniers ordres aux servantes. Au fond de la pièce, Nagamitzu écoutait son frère en opinant du chef de temps en temps. Il ne paraissait pas à son aise et jetait des coups d'œil inquiets du côté de la porte principale. À intervalles réguliers, il émettait un petit rire silencieux, probablement destiné à donner l'impression qu'il était détendu. Enfin, une servante fit coulisser la cloison. Les regards hésitèrent un instant. C'était bien Omi.

Elle portait un ensemble de kimonos blancs que dame Saisho n'avait jamais vus, mais que Nagamitzu et Ateki reconnurent immédiatement : cette tenue avait appartenu à sa mère.

Le blanc brillant du kimono de dessus était mis en valeur par le blanc vaporeux des trois autres kimonos superposés, et la pureté de l'ensemble semblait encore rehaussée par la délicate nuance fleur-de-pêcher de la robe de dessous, dont on apercevait juste le bord du col et des poignets.

La stupéfaction les saisit. Omi avait tressé ses cheveux en plusieurs nattes entremêlées de bandelettes blanches, et la traîne de son kimono de dessus était ornée de feuilles de bambou, symbole de la vigueur de l'âme.

Personne ne dit mot. Chacun était conscient que la tenue de ce soir était un message, sans qu'on comprenne s'il s'agissait d'une provocation, ni ce qu'il signifiait vraiment.

Nagamitzu fit signe de prendre place sur les coussins, et les servantes glissèrent jusqu'à eux, portant les plateaux de poisson sur leurs manches pour ne pas les souiller de leurs mains, et assez haut pour ne pas les souiller de leur souffle.

Omi avait déposé son éventail devant ses genoux. À aucun moment elle ne l'ouvrit. À aucun moment elle ne leva les yeux. Elle ne toucha à rien de ce qui lui était proposé, ni algues d'Izumo, ni riz, ni pois, ni daurade, ni melon séché.

Son père lui lançait des regards en coin, à la fois soulagé et préoccupé qu'elle n'ait pas prononcé une parole. Au moment enfin où l'on apporta le sorbet de sirop de liane servi sur de la glace pilée, elle détourna son regard du bol de métal luisant, se leva sans un mot et sortit.

Nagamitzu se sentit étouffer. Par bonheur, son frère prononça aussitôt l'éloge du sorbet, et loua la parfaite étanchéité des caves qui permettaient de conserver si bien.

La servante s'inclina devant la chambre d'Omi.

— Demoiselle, un page vient de me remettre ceci à votre intention.

Sans relever les yeux, elle présentait sur ses manches un rameau de prunier en fleur auquel était attaché un rouleau de papier vert, fermé à chaque bout par un ruban à peine rosé. L'ensemble était de très bon goût.

Un long moment, Omi contempla le rouleau sans l'ouvrir. La servante s'était éloignée respectueusement, tout en demeurant à portée de voix.

Dans les dernières lueurs du jour, Omi s'agenouilla sur le plancher de la véranda et déroula le message.

L'écriture était élégante, à la fois maîtrisée et sobre. Les traits horizontaux témoignaient d'une certaine fermeté. Omi inclina la lettre vers la lumière du soleil couchant.

Seul le parfum de la fleur
ne saurait mentir.

Omi déposa la lettre sur ses genoux et demeura immobile. Elle ne parvenait pas à décider si un tel billet lui apportait douceur ou colère. De qui venait-il ? Qui se mêlait de vouloir sonder son cœur ? Il était heureux que dame Saisho n'en eût pas connaissance, elle en eût fait tout un événement.

Sans toucher le papier, Omi se pencha de nouveau et relut le message, plusieurs fois, comme s'il devait prendre un sens nouveau à chaque fois.

Une branche de prunier en fleur…

Elle leva les yeux, et son regard s'arrêta sur le petit pont. Un homme était là, appuyé au parapet, un homme qu'elle aurait reconnu entre mille, cet impudent samouraï qui prétendait régenter le domaine. Bien sûr, c'était lui qui avait écrit ce billet, ce ne pouvait être que lui !

Elle détourna la tête. Il fallait reconnaître que le message était moins rustre que son auteur. Il l'avait sûrement fait composer par quelqu'un d'autre. Et puis non, sans doute pas : on pouvait le lire comme un compliment aussi bien que comme une insolence, et cela ressemblait parfaitement au personnage.

Ce malotru était en train de l'observer, elle le sentait. Sans regarder de son côté, elle fit signe à la servante d'apporter une lampe, remonta la mèche et en approcha le papier, qui s'enflamma aussitôt.

Le samouraï avait vu. Parfait. Ainsi, elle n'aurait pas à répondre.

Naturellement, elle aurait aussi pu répliquer par un billet d'un bleu délavé attaché à une branche de poirier aux fleurs si vulgaires, mais le balourd n'aurait peut-être pas saisi l'ironie de l'envoi, et l'aurait pris pour une erreur de goût.

Pourtant, elle aurait eu un certain plaisir à y joindre un mot, juste une petite phrase blessante, comme : « Le pin prétentieux ne saurait discerner le parfum de la fleur. »

Non, ce serait trop, ou trop peu. Tout était bien. Elle rentra dans la chambre et fit coulisser silencieusement la porte.

CHAPITRE IX

LE SECRET D'OMI

Les saules tapis dans la nuit se déployèrent soudain, comme des spectres s'animant, agitant leurs tentacules, cherchant à se saisir de la petite silhouette. Ils s'agrippèrent à ses bras, à ses jambes...

Omi se redressa d'un bond. La sueur perlait à son front. Le brasero éteint vacillait. Ce n'était qu'un rêve ! Le cœur battant, elle referma les yeux.

Sur le petit pont, il y avait deux ombres, deux. Et cela, personne ne le savait. Personne d'autre qu'elle et *lui*. Mais *lui*, avait-il bien compris qu'elle le savait ? Qu'elle avait vu ?

Deux ! Omi plaqua son visage contre le matelas de paille pressée. Il ne fallait pas penser à cela. Il fallait dormir.

La pluie sur le volet. La pluie du cinquième mois, celle qui pleure sur le lac et nimbe les fleurs d'oranger d'une grâce furtive. Écouter la pluie, quand on sait qu'elle ne franchira pas le volet, le battement de la pluie qui bâtit autour du corps une bulle de chaleur impénétrable.

Le silence. Même plus de vent. N'était-ce pas le jour, déjà, qui caressait, à travers les rainures des volets, les rideaux de soie blanche ? Omi s'assit. Sous sa main, son oreiller de bois était humide. Avait-elle pleuré ?

Elle passa son kimono écarlate, défit ses nattes et ôta un à un tous les rubans blancs, avant de les regrouper côte à côte sur sa table de toilette. Religieusement, elle souleva le couvercle de la boîte à maquillage, le couvercle si beau, délicatement orné de fleurs de prunier. Il s'en dégageait un parfum léger, indéfinissable. Son regard erra sur les peignes d'écaille, les pinces à épiler, toutes les petites coquilles de pâte de différentes couleurs, les pinceaux à poudre, le tesshô et le petit sac de son de riz qui faisait la peau bien blanche. Elle ne toucha à rien. Jamais elle n'y toucherait. Tout cela appartenait à sa mère.

L'autre boîte à maquillage, la sienne, était moins précieuse, de laque rouge, sans aucun décor. Le contenu aussi en était plus simple. Outre les rubans blancs, le coffret ne renfermait qu'un petit miroir de Chine un peu terni et quelques peignes en bois d'aloès. Elle coiffa ses longs cheveux noirs pour effacer les plis laissés par le tressage, puis elle sortit sans bruit.

Le soleil se levait à peine. Le gravier luisait encore de l'averse de la nuit. À droite de sa porte, dans le grand vase de porcelaine verte qui trônait d'ordinaire dans la salle de réception, quelqu'un avait piqué quelques branches de cerisier en fleur. Ateki, sans doute, pour montrer qu'elle n'était pas fâchée. Omi tendit la main vers les délicates fleurs blanches.

Elle suspendit subitement son geste. Au centre du vase, au milieu des fleurs de cerisier, était plantée la branche de prunier ; celle à laquelle, hier, était attaché un billet vert.

Elle jeta un regard circulaire. Il n'y avait personne.

— Vous êtes déjà levée, Omi ! (Dame Saisho passait la tête par la porte de la chambre voisine.) Je vois que vous avez fait un magnifique bouquet, d'un goût très délicat.

Omi ne répondit pas, elle se contenta de demander :

— Voulez-vous bien, dame Saisho, me faire apporter un grand bol de riz, quelques carpes et du saumon. Vous ajouterez aussi des légumes.

— Je vais donner des ordres pour que cela vous soit servi. Je suis heureuse de voir que vous avez retrouvé l'appétit, mais prenez garde tout de même de ne point trop manger. Ce que vous me réclamez…

— Mettez donc deux bols de riz. Et ne me regardez pas avec ces yeux-là, ce n'est pas pour moi, je veux les offrir au Bouddha.

*

— Ah, Ateki ! Je te cherchais.

— Oui, seigneur Nagamitzu ?

— Je n'ai pas eu l'occasion de te parler depuis…

Ateki inclina la tête.

— Hier au soir, reprit Nagamitzu (il ne finit sa phrase que par un soupir). Je me demande si je ne préfère pas les moments où elle est en colère. Au moins, on sait à quoi s'attendre. (Il eut un geste découragé.) Quand elle paraît calme et sage, c'est pire que tout. On ne sait ni comment ni pourquoi, mais on sent que quelque chose couve, et on tremble de découvrir comment elle va s'y prendre pour nous offenser.

— Vous ne m'avez pas fait part de sa réaction au projet de mariage, se permit Ateki, et, moi-même, je n'ai pas osé évoquer le sujet avec elle.

— Sa réaction ? Comme toujours ! Je n'ai pas réussi, d'ailleurs, à lui en parler vraiment.

Nagamitzu poussa un nouveau soupir, puis fit quelques pas avant de poursuivre :

— Non, j'ai tort de prétendre qu'elle a réagi comme à son habitude. Ce fut bien pire. Elle m'a lancé au visage... Bien sûr, j'aurais dû l'en informer plus tôt.

Ateki leva les yeux. Le maître ne poursuivant pas, elle osa :

— L'informer ?... Mais je me montre peut-être indiscrète.

— Elle m'a lancé au visage qu'elle savait tout. Elle a bien dû t'en toucher un mot !

— Je ne vois pas. De quoi s'agit-il ?

— Je suppose qu'on lui aura révélé que j'adopte Takeyori et elle l'a très mal pris. Je voulais le lui dire moi-même, c'eût été plus correct, mais lui adresser la parole est un tel problème !

Ateki resta songeuse.

— Cela m'étonne, déclara-t-elle enfin.

Comme Nagamitzu la considérait avec surprise, elle émit un petit rire pour s'excuser de ne s'être pas expliquée.

— Je veux dire que je ne crois pas qu'Omi sache que vous adoptez Takeyori. Et puis, je pense la connaître suffisamment pour supposer qu'elle ne réagirait pas de cette façon.

— Je partage ton point de vue. Même connaissant son affreux caractère, j'ai été abasourdi par sa réaction.

— Je la vois plutôt ironiser sur le sujet.

Nagamitzu fixait Ateki d'un air bizarre, comme s'il la découvrait soudain. En fait, il ne la regardait pas.

— S'il ne s'agit pas de cela, reprit-elle, de quoi a-t-elle voulu parler ?

Nagamitzu ne répondit pas. Son visage était soucieux.

*

— Omi, votre père me charge de vous informer d'une chose importante.

La jeune fille continua de lire sans lever la tête. C'était aussi bien. Ateki préférait qu'Omi ne voie pas son visage, parce qu'elle y aurait lu le mensonge. Ateki était très mauvaise menteuse, et Nagamitzu ne lui avait rien demandé du tout. Elle voulait seulement procéder à un petit test : Omi savait-elle ou ne savait-elle pas ?

— Nagamitzu souhaite adopter Takeyori, le fils de notre voisin Takemasa. Vous vous rappelez, le jeune homme qui...

— L'insolent. Je me rappelle. Je me rappelle aussi que tu as plaidé en sa faveur pour qu'il ne soit pas bastonné et que tu as peut-être eu tort.

— C'est cela. Je veux dire, c'est cet homme-là.

Omi n'eut aucune réaction.

— Vous le saviez ? insista la dame de compagnie.

Omi tourna une page du recueil de poésies chinoises qu'elle lisait et, avant de se replonger dans la lecture, soupira :

— Je ne le savais pas, mais cela ne m'étonne pas le moins du monde.

Comme Ateki restait là, sans rien dire, elle finit le court poème et ajouta :

— Nagamitzu est un pleutre. Il passe sa vie à trembler : « Puis-je prendre cette direction ? N'offenserai-je pas les esprits en entreprenant ceci ou cela ? Cette tuile cassée n'est-elle pas un signe du ciel ? » Comment pourrait-il se résoudre à mourir sans un fils pour veiller sur son âme et celle de ses ancêtres ?

— Cela ne vous fâche pas ?

Du coup, Omi leva la tête.

— Cela m'est tout à fait égal, confirma-t-elle.

Ateki resta songeuse. Donc, ce n'était pas la raison. Elle aurait bien voulu s'enquérir des motifs de la scène qu'Omi avait faite à son père, mais cela ne la regardait pas.

— Nagamitzu, prononça alors Omi à mi-voix, est plus pointilleux sur sa vie future que sur sa vie passée.

Ateki tourna son regard vers la jeune fille. Que voulait-elle dire ? Qu'y avait-il donc dans le passé de Nagamitzu ?

— Votre père a toujours été un homme bon, affirma-t-elle.

La réaction fut cinglante.

— Tu ne sais pas de quoi tu parles, Ateki. Tu ferais mieux de te taire.

La dame de compagnie en eut le souffle coupé. Non, les reproches d'Omi à son père et ce qu'elle *savait* n'avaient rien à voir avec l'adoption de Takeyori.

— Quel temps magnifique ! gloussa dame Saisho en entrant. L'air est si léger qu'on se sent à peine respirer. Il ne manque que les pages.

— Les pages ? s'intéressa Ateki, soulagée de cette diversion.

— Les pages qui vont et viennent dans un joyeux brouhaha, portant sur leurs manches des rouleaux d'étoffes de couleur, des habits magnifiques de soie brochée enveloppés dans du papier léger. Un spectacle délicieux…

— C'était du temps de la cour, taquina Ateki.

— Mais oui, dame Ateki. C'était si beau. Vous ne pouvez pas vous rendre compte. À côté de cela, notre vie ici paraît bien ordinaire.

— Des tissus brochés ! laissa tomber Omi. Pendant que les paysans meurent de faim !

Les deux dames se regardèrent, interloquées. Qu'était-ce encore que cela ?

CHAPITRE X

DISPARITION

Ateki tendit l'oreille. Le souffle bruyant de dame Saisho à ses côtés l'empêchait de bien entendre, pourtant elle avait l'impression qu'Omi ne dormait pas. La jeune fille l'inquiétait de plus en plus. Après la fameuse scène où elle était apparue tout en blanc avec des rubans tressés dans les cheveux, elle n'avait plus rien mangé. La situation devenait réellement critique, cette petite était en train de se détruire. Si elle avait maintenant décidé de ne plus s'alimenter, qui pourrait la contraindre ?

Ateki ne voyait pas que faire. Si elle parvenait au moins à comprendre ce qui se passait dans la tête d'Omi… Mais il était impossible d'arracher à la jeune fille la moindre parole sur ce qui la préoccupait. Elle s'était mise ouvertement en lutte contre son père. Que lui reprochait-elle au juste ?

Nagamitzu l'ignorait-il vraiment, ou ne voulait-il pas en parler ?

Ateki rassembla toute son attention. Il y avait du bruit dans la pièce contiguë. Un bruit léger, retenu. À travers la cloison de papier, rien ne pouvait échapper à son oreille. Elle se leva et fit coulisser doucement la paroi mobile.

— Omi, chuchota-t-elle. Que faites-vous debout à cette heure ? Le jour n'est pas levé.

— Chut ! Je ne voulais pas vous réveiller. J'allais juste récupérer les petits paquets de bourre de soie que j'ai mis dehors hier au soir. Si j'attends qu'il fasse grand jour, la rosée aura séché, et ils seront inutilisables.

La dame de compagnie en fut très soulagée. Si Omi se souciait d'elle-même au point de recueillir la rosée pour les soins de son visage, rien n'était perdu.

Plus un bruit. Ateki s'était recouchée et le jour pointait à peine. Omi descendit pieds nus les deux marches de la véranda, puis elle traversa silencieusement le parterre de gravier avant d'enfiler ses socques de bois. Même en remontant son kimono, elle eut un peu de peine à passer la brèche du mur.

— Kiku ! chuchota-t-elle.

— Je suis là.

— As-tu les vêtements ?

— Ici. Ils sont un peu vieux, mais c'est tout ce que j'ai trouvé.

— C'est très bien.

Omi ôta rapidement son kimono de soie, enfila la chemise et le pantalon de toile, et glissa son poignard dans la corde qui lui servait de ceinture.

— Allons.

L'une derrière l'autre, les deux minces silhouettes se fondirent dans le paysage.

Quand elles s'arrêtèrent au bord de la petite rivière, le jour pointait.

— Demoiselle, s'étonna Kiku, vous avez coupé vos cheveux ?

— Un peu. Je les ai taillés ce matin. J'ai eu peur qu'Ateki ne s'en aperçoive ; heureusement, lorsqu'elle est entrée dans ma chambre, il faisait encore nuit.

— Vous semblez beaucoup plus jeune, comme ça, on croirait que vous avez douze ans.

— C'est ce qu'il faut. Surtout, ne dis rien à personne.

— Si vous le voulez, demoiselle, mais je ne comprends toujours pas. Pourquoi quitter une si belle maison ?

— Écoute-moi, Kiku, interrompit Omi. D'abord, ne m'appelle plus « demoiselle ». Ensuite, fais comme si tu ne me connaissais pas. Cela évitera qu'on te pose des questions sur moi et tu n'auras donc pas à mentir, c'est plus sûr. Le kimono de soie… tu n'auras qu'à raconter que tu l'as trouvé. Prends-le.

— Le prendre ? Non, c'est impossible.

— Il ne te plaît pas ?

— Oh si !

Les yeux de la petite brillaient. Elle ajouta :

— Il est trop beau pour moi.

— Est-ce qu'une chose peut être trop belle ?

Kiku fit un signe affirmatif avant d'ajouter :

— Les paysans n'ont pas le droit de porter de la soie. (Elle se pencha.) C'est ici que j'ai laissé le reste.

Elle saisit entre deux rochers un large chapeau de bambou tressé et sortit de leur cachette des sandales de paille et un sac de chanvre. Tandis qu'Omi complétait son habillement, Kiku la considérait avec amusement.

— Vous savez, dit-elle soudain, on pourrait aussi bien croire que vous êtes un garçon. Pas un garçon de la campagne, un garçon comme ceux des monastères. Il suffirait de relever vos cheveux en chignon…

Omi réfléchit.

— Un garçon. Je saurai m'en souvenir.

Kiku pouffa d'un rire gai, puis elle reprit :

— Je pense à autre chose, à propos du kimono.

— Dis.

— On pourrait en faire offrande au kami [1] de la rivière et, comme ça, à la prochaine saison on n'aura pas de famine.

— Tu crois que le kami y serait sensible ?

— Oh oui, je crois. L'an dernier, il n'a pas aimé son cadeau, c'est pour ça qu'on a eu des misères. Mais un kimono de soie, c'est une offrande tellement extraordinaire...

Omi inclina la tête, souleva la légère pièce de tissu qu'elle portait sur le bras et la lança dans le courant.

Les mains dans le dos, Kiku la regarda filer en souriant.

— Vous ne portez que des kimonos de soie ? demanda-t-elle d'un ton admiratif.

Omi répondit par un hochement de tête.

— On dit qu'à la mort de sa femme, reprit Kiku, le seigneur Nagamitzu ne s'est habillé pendant longtemps que d'un vêtement en fibre de glycine.

— Qui t'a dit cela ?

— Le tisserand du village. Il trouvait que

1. Divinité.

c'était pitié de tisser pour des nobles une matière aussi grossière, ça lui faisait mal au cœur de s'y user les ongles. Avez-vous vu les ongles des tisserands ? Ils sont comme des rangées de dents.

Kiku lança un regard confus à Omi qui ne prononçait pas un mot.

— Je parle trop, il faut m'excuser.

Comme Omi ne bougeait toujours pas, elle conclut :

— Voilà, je m'en vais. Attendez un grand moment, et puis présentez-vous à la rizière. C'est vers le fond de la vallée, derrière la maison, là-bas. La maison, c'est chez moi.

— Je me débrouillerai. Dépêche-toi de partir, il ne faut pas qu'on nous voie ensemble.

Omi s'assit sur un rocher, et regarda autour d'elle avec curiosité. C'était la première fois qu'elle voyait de si près la montagne, les pentes douces qu'on ne faisait qu'apercevoir depuis le pavillon de la Belle Vue. La vallée qui s'ouvrait devant elle semblait comme partagée en deux par l'étroite rivière, dont le courant chuchotait doucement. Un coucou, là-haut. Des crissements d'insectes. Deux, dix, mille. Mille petits bruits qui pouvaient passer inaperçus et auxquels elle n'avait pas prêté attention tout d'abord, mille petits bruits qu'il fallait mériter.

Des nuages blancs couraient dans un ciel délavé, la moindre tige scintillait de rosée. Omi frissonna. Était-ce bien elle, là, au bord de cette rivière inconnue ? Tout était si différent. Peut-être était-ce le contact de ces vêtements rustiques qui lui donnait cette impression de froid, l'impression d'être devenue étrangère à elle-même. L'air y circulait à son aise, glaçant tout son corps. Elle serra ses bras contre elle. Respirer. L'air embaumait de tant de suaves parfums. Si elle pouvait les dissocier, mettre sur chacun un nom, avant de reconstituer leur doux mélange…

Non, ce n'était pas Omi qui était là. C'était quelqu'un d'autre. Un garçon. Un jeune garçon.

Omi ôta son large chapeau, rassembla ses cheveux sur le sommet de son crâne et les attacha avec une herbe longue.

Elle remit vivement son chapeau en entendant un frottement sur le chemin. Allait-elle sursauter ainsi à chaque pas étranger ? Ici, tout serait étranger !… Bientôt, tout serait familier. S'appliquer à vivre autre chose, sans étonnement ni crainte.

Un homme. Petit. Un joueur de biwa[1]. Omi ne fit pas un mouvement, mais l'homme ne regardait

1. Sorte de luth.

pas de son côté. À peine se fut-il éloigné qu'elle comprit à sa démarche qu'il était aveugle.

Un long moment plus tard, passa un moine portant sur son dos un panier à bretelle. Il faillit la saluer d'un léger signe de tête, comme on fait pour un inconnu de peu d'importance, puis renonça et regarda de nouveau devant lui.

Omi réfléchit longuement à la réaction du moine. Cela signifiait-il que la première impression qu'elle produisait incitait à la saluer, puis que, quand on y regardait de près, on y renonçait ?

C'était bien. Pourtant, elle aurait préféré qu'il n'y ait pas d'hésitation. Enfin, il ne l'avait pas saluée. Elle était un jeune paysan anonyme.

*

— Comment cela, « disparue » ?

— Malheureusement, seigneur Nagamitzu, je vous assure, se lamenta Ateki, je vous assure que j'ai cherché partout. (Elle baissa le ton.) Tout est ma faute ! Tout est ma faute !

— Cessez donc de gémir, conseilla dame Saisho, ce n'est la faute de personne. Je ne voudrais pas vous offenser, seigneur Nagamitzu, mais vous savez bien que votre fille ne fait que ce qui peut nous mettre en colère. Plus elle se montre odieuse, mieux elle se trouve.

De simplement préoccupé, le visage de Nagamitzu devint un peu fâché. Toutefois, il se retint de signifier à dame Saisho que sa sortie était bien mal venue en cette heure d'inquiétude.

— Je vais faire prévenir Takeyori, déclara aussitôt la gouvernante pour contrebalancer ses paroles.

— Takeyori ne sait rien, dame Saisho, intervint Ateki. Il cherche depuis l'aube, et il est venu lui-même m'informer qu'Omi demeurait introuvable. Selon lui, elle n'est pas ici. Elle aurait quitté l'enceinte de l'habitation. Oh ! Je n'aurais pas dû me recoucher. Si j'avais su ! Lorsqu'elle m'a dit qu'elle sortait pour recueillir ses bourres de soie, j'aurais dû…

— Vous êtes trop confiante, Ateki, coupa dame Saisho, je vous l'ai mille fois dit. Toutefois vous ronger maintenant ne servira à rien.

— Quitter notre enceinte ! maugréa Nagamitzu.

Il n'en dit pas plus. Sa fille ne savait rien du monde de là-bas, des brigands, des bandes de rabatteurs qui capturaient les voyageurs solitaires pour les revendre comme esclaves aux marchands du Nord. Comble de malchance, on était dans un jour néfaste pour lui, et courir à la recherche de sa fille signifiait braver le devin qui lui interdisait de quitter ses appartements. Le ferait-il ? Sortirait-il, ne sortirait-il pas ? Tout n'annonçait que catastrophes…

Mais c'était sa fille ! Sa fille ! Il irait, et si la mort le trouvait en chemin, qu'elle le prenne !

— Je pars à sa recherche, déclara-t-il fermement.

— Vous n'y pensez pas ! s'exclama dame Saisho. À pied, où iriez-vous ? Auriez-vous une chance de la retrouver ?

— À cheval…, protesta Nagamitzu.

Immédiatement, la pensée lui vint que tenir sur un cheval serait pour lui des plus périlleux. Voilà plus de vingt ans qu'il n'avait pas pratiqué ce genre d'exercice. Il enragea de s'être laissé aller à la mollesse. C'est cela qui tuait la noblesse : le manque d'exercice. Saurait-il encore seulement marcher plus de une heure ?

— Prévenez tous les marchands qui passeront, les médecins itinérants, les soigneurs de chevaux…

— Elle s'est enfuie volontairement, rappela dame Saisho. Si vous prévenez tout le pays, chacun saura qu'il ne s'agit pas là d'une demoiselle comme il faut. Sans compter qu'elle risque de refuser de rentrer, ce qui nous mettrait dans une situation plus que difficile, pensez-y.

Nagamitzu dodelinait de la tête, ne sachant quel parti prendre. La réputation était un bien précieux, on ne pouvait la risquer. Autant perdre la vie. Mais sa fille ! Il voulait retrouver sa fille !

— Il faut, décida-t-il enfin, agir avec discrétion. Étant donné sa disposition d'esprit actuelle, Omi pourrait bien se cacher si elle découvre que nous la faisons rechercher. Je sais à qui m'en remettre, j'ai toute confiance en lui, et il saura se montrer discret.

— Vous voulez dire… Takeyori ?

— Oui, dame Saisho. Takeyori.

CHAPITRE XI

DE L'AUTRE CÔTÉ DE LA MURAILLE

Dans la cour, devant la maison, quelques enfants jouaient entre la grange et le fourneau d'argile. Un bébé tout nu pataugeait dans la boue, près du puits. Les chiens n'aboyèrent pas.

Omi eut un regard déférent vers le dieu protecteur, le jizo de bois qui veillait discrètement au coin de l'entrée principale, et se dirigea avec vaillance vers l'ombre des fruitiers où un vieil homme arrosait des semis de légumes. C'était sûrement l'aïeul dont lui avait parlé Kiku : trop vieux pour travailler, et donc commis à la garde des plus jeunes enfants.

Omi salua.

— Je m'appelle Ichiro, dit-elle en se choisissant le nom traditionnellement donné au fils aîné. Je souhaite m'engager pour le repiquage.

Le vieil homme s'inclina à son tour, et son salut finit par un hochement de tête dubitatif.

— Des bras, on n'en a jamais assez. Les rizières ont été inondées avant-hier, et si on ne repique pas assez vite…

Omi ne sut pas quelles en seraient les conséquences, car l'homme continua :

— Pour travailler, oui, y a du travail, sauf que pour te payer, mon pauvre gars, y a rien. Tout ce qui n'a pas été mangé par le typhon a disparu dans le gouffre sans fond de nos appétits. Reste rien. On a bien eu de quoi se remplir l'estomac pendant deux jours grâce à ma petite-fille qui est une débrouillarde, mais il ne reste plus qu'un peu de miso[1] pour la soupe de demain matin.

— Je peux travailler sans être payée.

— Oh ! Oh ! Sans manger ?

Omi prit alors conscience du vide de son estomac.

— Remarque bien, se reprit le vieux, y aura peut-être des escargots. Comme on a inondé, ils ressortent partout dans les rizières. Oui, à la réflexion, je parierais bien qu'on en aura aujourd'hui.

— Cela me convient, dit Omi.

1. Purée de pois.

— Dans ce cas, reprit l'homme avec lenteur, comme s'il n'arrivait pas à croire ce qu'il entendait, dans ce cas va aux rizières et demande Iwao. C'est mon fils, et le maître de cette maison.

— Haï !

Au centre de la rizière, on voyait une ligne de corps sans tronc et sans tête. Les jambes elles-mêmes étaient incomplètes, enfoncées jusqu'à la cheville dans la boue.

— Haï !

Des boules de toile beige, impeccablement alignées.

— Haï !

À chaque cri, les boules ondoyaient et glissaient d'un pas vers l'arrière. C'était fascinant.

Sur les bords, à droite et à gauche, deux enfants portaient sur l'épaule un balancier avec, à chaque bout, une corbeille pleine de pousses vertes. Ainsi, c'était cela, les plants de riz à repiquer qui avaient coupé les mains de Kiku ?

À intervalles réguliers, les enfants attrapaient dans une corbeille une botte de plants, et la lançaient aux boules de toile.

— Haï !

Comme l'avait dit Kiku, la rizière se trouvait en fond de vallée, et on avait même rogné sur la montagne pour l'étendre un peu plus. Sur les pentes toutes proches, Omi reconnut des mûriers. Elle ne se sentait pas très bien, peut-être un peu effarée, un peu étouffée, et pourtant, c'était comme s'il y avait eu trop d'air pour ses poumons. Personne ne se retournait, personne ne regardait de son côté. Que faire ?

Elle restait plantée là. Un monde inconnu s'ouvrait devant elle, et elle ignorait par où y pénétrer.

Les boules beiges faisaient leur travail de boule. Leur rôle n'était pas de s'inquiéter d'un inconnu au bord de la rizière. Omi eut soudain le sentiment que jamais on ne lui prêterait attention : tous les mouvements étaient codifiés, des mouvements de balancier uniformes, et le code ne prévoyait pas que quelqu'un se retourne. Attendre ?

Soudain s'éleva un chant étrange, qui émanait de ces formes anonymes. Rythmé par le « haï », il semblait prendre appui dessus. C'était un chant un peu rauque, comme Omi n'en avait jamais entendu, et qui ne ressemblait en rien aux mélopées délicates que lui avait enseignées Ateki.

*

Comme le soleil était déjà haut, on décréta une petite interruption dans le travail.

— Alors, interrogea Iwao en se relevant, notre jeune compagnon fatigue ?

Omi fit non de la tête. Elle ne se sentait même plus la force de parler.

— Père, intervint Kiku, il faudrait peut-être qu'il se repose.

— Ce serait juste, Ichiro. Repose-toi. Puisque de toute façon nous n'avons pas le moyen de te payer avant la récolte, il est inutile que tu te tues à la tâche.

Omi jeta un coup d'œil furieux à la fillette.

— Je peux continuer, lança-t-elle d'une voix qu'elle essayait de rendre ferme.

— Ce n'est pas raisonnable, remarqua Iwao. On voit bien que tu n'as pas l'habitude.

Omi se redressa avec lenteur, comme si son dos ne devait plus jamais retrouver la verticale. Sa tête commença à tourner. Elle n'y voyait plus. Ses mollets comme du bois, le creux de ses genoux raidis et douloureux.

Sur la corde, les nœuds. Haï ! Enfoncer dix plants sous le nœud, dix plants sous le nœud de gauche, dix plants sous le nœud de droite. Haï ! Dix plants, dix, dix… Haï ! dix…

— Ça ne va pas ?

— Si si.

— On voit qu'il n'a jamais fait de travaux durs, dit une voix.

— Tu ne passeras jamais pour un vrai paysan, mon gars. Faut être plus vaillant que ça !

— Il a des mains de copiste, pas de travailleur.

— Des mains qui n'auraient jamais touché la terre.

— C'est qu'il a été élevé par les moines, expliqua Iwao. Je trouve bien de sa part de vouloir gagner sa vie par ses propres moyens.

— Quitter le monastère, je comprends, mais il aura du mal à apprendre le métier. Il est frêle comme une fille de la ville.

Ces mots frappèrent Omi juste comme elle reprenait pied. Elle n'était pas tombée. Elle tenait devant elle ses deux mains pleines de boue qu'elle n'osait plus regarder. C'était la première fois qu'elle les voyait dans cet état. Elle ne les reconnaissait même pas et ne savait qu'en faire. Les paysans, autour d'elle, semblaient n'accorder aucune attention à la saleté des leurs. Tout en continuant à parler, ils les croisaient et les décroisaient de manière très naturelle.

— Reprenons, proposa Iwao. Avec ce soleil, la boue va sécher très vite. Si on n'a pas fini ce soir, j'ai bien peur que, pour demain, ce soit fichu.

La boue jusqu'aux chevilles. Haï ! Dix bottes. Haï ! Reculer d'un pas. Haï ! Dix bottes devant, dix bottes… On chantait. Haï ! « Quand j'étais à la cour, disait dame Saisho, pour les fêtes du cinquième mois, les dames portaient un ruban à la taille, et un autre, rouge, à l'épaule. C'était si gracieux. »

— Il revient à lui, observa Iwao en tapotant les joues d'Omi. Portez-le sur le côté.

La ligne se reforma rapidement le long de la corde à nœuds tendue en travers de la rizière. On ne pouvait arrêter le travail. Omi n'avait plus la force de se relever, mais elle était trop épuisée pour en avoir honte. Elle ne pouvait remuer ni bras ni jambe. Elle ne bougea plus.

Distraitement, Omi suivait des yeux le manège des enfants qui tournaient autour de la rizière, chassant l'escargot et poussant des cris chaque fois qu'ils en trouvaient un.

De temps en temps, son regard revenait vers la ligne des repiqueurs. Non, les paysans ne lui semblaient pas du tout les mêmes que ce matin. Ce n'était plus une ligne irréelle de boules beiges, c'étaient des hommes et des femmes, pliés en deux, avec la terre qui collait aux doigts, les épaules endolories, les jambes tremblant de fatigue, les pieds usés par les frottements de la boue. Les femmes avaient retroussé le kimono de chanvre rapiécé qu'elles portaient serré à la taille. Quand elles se redressaient, elles ôtaient un moment leur large chapeau en cône et passaient leur poignet sur leur front, en contemplant devant elles les longues lignes de petites touffes vertes qui représentaient le travail de la journée. Alors, elles avaient comme un sourire, replaçaient le cône de carex sur le foulard qui leur enserrait la tête, et basculaient de nouveau leur corps en avant.

CHAPITRE XII

DES IMAGES DOULOUREUSES

Dans la chambre close et sombre, le seigneur Nagamitzu n'osait plus respirer. Il contemplait le visage du prêtre, en face de lui, à peine révélé par la lueur de la lampe. Dehors, la corde de l'arc vibra longuement. Parviendrait-elle à chasser tous les mauvais esprits qui tenaient dans leurs serres son domaine ?

Quand le dernier son se fut évanoui dans le soir, le prêtre leva ses deux mains. Le maître du domaine ferma les yeux. Il fallait se concentrer. Se concentrer.

Un long moment passa dans le plus grand silence.

— C'est impossible, protesta enfin le religieux. Vous êtes trop tendu, vous troublez mon esprit, je n'arrive à rien. Il vaudrait mieux que vous sortiez.

— Je voudrais tant savoir où elle est, chuchota Nagamitzu.

— C'est une chose, je vous le répète, qu'il m'est impossible de vous dire. Laissez agir mon esprit, laissez la voix du destin parler par ma bouche. Je vous révélerai ce que l'avenir réserve à votre fille, cela vous sera déjà une indication.

Nagamitzu hocha la tête plusieurs fois. On aurait dit qu'il voulait ajouter quelque chose, cependant rien ne sortait de sa bouche. Il se leva, fit coulisser la cloison qui donnait sur la véranda et sortit.

— Alors ? questionna dame Saisho.

— Rien pour l'instant, il faut lui laisser le temps.

— Combien vous a-t-il demandé ?

— Deux miroirs. Le prix m'a paru raisonnable.

La gouvernante émit un petit soupir.

— Encore un soir qui tombe, murmura-t-elle. Voyez la lune, elle est si pâle.

— Elle voit tout, dit Ateki. Elle sait où est Omi.

Elle s'essuya les yeux avec le bord de sa manche et ouvrit son éventail. Nagamitzu détourna légèrement la tête.

— Il va pleuvoir cette nuit, ajouta dame Saisho. Souhaitons qu'elle ait au moins un abri…

Si le temps se remet à l'humidité, il faudra penser à ôter les chevalets du koto. Je crois que nous avons eu tort de les remettre en place, le ciel est si changeant !

Personne n'ajouta mot. Depuis longtemps, on n'avait plus le cœur à jouer du koto, à tourner un poème, ni même à faire courir le pinceau. Un parfum de santal se répandit dans les airs. Cela rappelait les fêtes d'antan, les danses gracieuses, celle *du jardin des saules fleuris* ou celle *des manches retournées*.

Sous cette véranda, ils étaient réunis, tels qu'autrefois et tout différents. Le temps les entraînait dans sa course. Ils ne seraient pas demain ce qu'ils étaient aujourd'hui. Et, comme l'eau du ruisseau entre ses rives n'est jamais la même, bientôt ils seraient effacés et, à cet endroit, il y aurait pareillement le maître du shôen, la gouvernante, la dame de compagnie, mais ils s'appelleraient autrement, ce serait un autre temps.

Nagamitzu leva les yeux sur la lune. Un autre temps…

*

Pour la première fois de sa vie, Omi prit un bain d'eau froide. La resserre à bois était vide. Ne pouvait-on pas en couper ? Était-il trop cher pour qu'on puisse l'acheter ? Elle n'osa pas poser la question, elle s'était suffisamment fait remarquer. Ce qui était arrivé était sans doute la conséquence de la fatigue, qui l'empêchait de se faire une idée claire de la situation et réinstallait des habitudes bien ancrées. Sans qu'elle en prenne conscience, l'agacement était monté en elle à voir chacun prendre son bain sans lui en proposer le moins du monde. Maintenant qu'elle y repensait, cela lui faisait honte : au moment où elle avait forcé un peu la voix pour demander si le bain qu'on venait de préparer était bien le sien, elle avait senti tous les yeux étonnés posés sur elle, et la confusion lui avait empourpré le visage.

Elle s'était aussitôt éloignée pour attendre son tour, puis avait dû tirer l'eau du puits, comme les autres l'avaient fait avant elle. Les mains tremblant de fatigue et de gêne, elle avait versé l'eau du pot de fer dans le seau en bois puis, ensuite, dans le baquet, à l'abri de la resserre, sans passer par le chaudron sous lequel nulle braise ne luisait. L'eau l'avait glacée.

Même dans la maison, elle grelottait. Elle n'avait pas osé demander un vêtement plus chaud, puisqu'elle était vêtue comme tous les autres, ni plus ni moins. Des vêtements chauds, y en avait-il seulement ? En essayant de maîtriser ses tremblements, elle se réfugia auprès du fourneau de terre où brûlait un maigre feu de charbon de bois. Du chaudron posé dessus émanaient des bruits disgracieux accompagnés d'une odeur détestable qui était celle de la cuisson des escargots de rizière. Elle ne dit rien. Pour elle, un plat était une nourriture cuite et artistiquement disposée sur un plateau, et non un amalgame aux effluves bruyants et envahissants.

— Va y avoir du vent, prédit Iwao. Saburo, va donc mettre des planches sur le puits. Avec des grosses pierres dessus, hein ! Qu'elles ne s'envolent pas !

Penchée sur le chaudron, la mère de famille sourit aimablement à Omi.

— Nous mangerons, ce soir. Les petits ont trouvé vingt-trois escargots et des pousses de fougères, et Kiku cinq rhizomes de lotus.

Omi compta qu'il y avait là douze personnes, et que la part de chacun serait bien maigre. Elle s'en moquait : la faim lui avait passé. Trois jours de jeûne, et elle n'avait plus envie de manger. Dormir, seulement.

Allongée sur une natte inconfortable de la seconde pièce, Omi regardait le plafond. À travers les lattes mal jointes, on apercevait la clarté de la lune, tremblotante et noyée. Non, c'étaient les yeux d'Omi qui étaient noyés. Les larmes ruisselaient silencieusement sur ses joues. Elle se sentait si lasse, si perdue…

— « Gens ordinaires », disait dame Saisho, avec une grimace de dégoût. « Si vous faites comme ceci, vous ressemblerez à ces gens ordinaires. » S'agissait-il vraiment d'une race à part ? Ce soir, Omi était prête à le croire. Comment pouvaient-ils supporter de travailler comme des bêtes, de se laver à l'eau glacée, d'ingurgiter de puantes nourritures au milieu des relents de cuisine, de s'habiller de tissus grossiers qui grattaient la peau ?

Les bruits aussi étaient différents ici. Ce crissement… Omi dressa la tête.

Ce n'était qu'un grillon, pourquoi cela l'impressionnait-il ainsi ?… Parce que l'idée de grillon était liée à celle de chaleur et d'herbes hautes. Était-elle sotte ! Allait-elle aujourd'hui avoir peur des grillons, sous prétexte qu'ils habitaient les cloisons des maisons pauvres ? Elle se rallongea.

La natte sentait l'avoine d'eau mal séchée, une vague odeur de pourriture. Tout autour, des bruits de respiration, des ronflements, des odeurs d'hommes souffreteux. Ils étaient sept dans cette pièce minuscule séparée de l'autre par une simple claie de bambou, presque les uns sur les autres : le père, Iwao, et les plus grands des enfants. Les petits dormaient dans la première pièce avec la mère. Entassés comme des animaux. Des animaux.

Omi pleura.

Quand ses larmes furent enfin taries, elle raisonna mieux. Ces gens étaient si pauvres ! Eux aussi auraient bien voulu manger du riz accompagné de carpes et de légumes juteux, se baigner dans l'eau chaude et parfumée... Tout était trop dur. Trop dur.

Sur le pont, il y avait deux silhouettes. Non, sa mère n'était pas seule, elle n'avait pas glissé sur la mousse de l'île. Elle n'était jamais allée sur l'île. Cette nuit-là, elle se tenait sur le pont, à regarder la lune se mirer dans le ruisseau. De sa chambre, Omi voyait son ombre qui se découpait sur la nuit, un peu penchée, légèrement appuyée à l'unique rambarde.

Alors, l'autre ombre avait surgi, venant du pavillon de la Belle Vue. Elle s'approchait, s'approchait. Deux ombres ! Sur le pont, Masako s'animait. Omi n'entendait pas ce qu'elle disait.

L'autre, c'était un homme. Quand il parlait, on ne comprenait pas ses paroles, mais on percevait le son de sa voix. Les hommes ne savent pas chuchoter. Ensuite, Masako s'était éloignée un peu. Elle avait perdu son calme. La voix masculine s'enflait, baissait, puis s'enflait de nouveau. Masako faisait des gestes, comme pour se protéger. Lui agitait les bras, et c'est alors que c'était arrivé. Les mains fortes s'étaient refermées sur la jeune femme, elles l'avaient bousculée !

Omi se boucha les yeux et les oreilles, ainsi qu'elle l'avait fait cette nuit-là. Oh ! Si elle avait su ! Si elle avait su !

Quand elle avait couru vers le ruisseau, il n'y avait plus personne, et elle avait cru à un mauvais rêve. Elle était revenue à sa chambre, toute tremblante et malade, ne parvenant pas à se rassurer. Chaque fois qu'elle y pensait, elle ressentait le désespoir de ce soir-là. Seulement, le désespoir avait changé de nature. Il n'était plus hésitation et panique, mais colère et douleur. Combien elle s'en voulait de ne pas avoir cru ce que ses yeux avaient vu !

— Omi !

Kiku toucha légèrement l'épaule de la jeune fille. Elle se reprit et appela :

— Ichiro ! Ah ! vous vous réveillez enfin !

— Il fait jour ?

— Depuis longtemps. Comme il pleut, ça ne se voit pas de l'intérieur.

— Où sont les autres ?

— Aux rizières. Ils n'ont pas voulu vous réveiller. Mon père a dit que vous n'étiez pas en état de travailler. Surtout aujourd'hui, où la pluie tombe sans arrêt. Ce serait trop dur.

— Mais…

Voulait-elle vraiment aller aux rizières ? Elle se souleva sur le coude. Dans la pièce, à plusieurs endroits, on avait disposé des plats creux et des bols de terre pour recueillir l'eau qui gouttait par les trous du toit.

— Avez-vous bien dormi ? demanda Kiku en ôtant sa cape de paille dégoulinante. L'aïeul a emmené les petits jouer dans la resserre pour vous laisser finir votre nuit.

— Je suis désolée.

— Il ne faut pas. Les petits sont contents. L'aïeul leur raconte des histoires et ils rient tout le temps. (Un silence.) Moi j'ai vu des choses. (Kiku attendit un instant, juste pour déceler l'intérêt dans les yeux d'Omi.) J'ai vu le samouraï Takeyori.

— Ah ! lâcha sobrement Omi.

— Il était très beau, sur un très beau cheval noir, avec un très beau sabre et un grand arc noir, laqué. Et dans son carquois, il y avait plein de flèches avec des plumes rayées de blanc. Il vous cherchait.

— Il te l'a dit ?

— Il ne m'a rien dit du tout. D'ailleurs, il ne m'a pas vue. Je revenais de la rizière parce que, comme je toussais, mon père n'a pas voulu que je reste travailler. J'étais sur le chemin de la vallée ; lui, il marchait sur le coteau, à travers les mûriers. Il se dirigeait vers la passe.

— Qu'est-ce qui te fait croire qu'il me cherchait ?

— Il n'avançait pas comme quelqu'un qui sait où il va. Il regardait partout, il s'arrêtait de temps en temps pour se retourner et fouiller dans tous les coins.

— Eh bien, qu'il cherche !

Kiku agita ses cheveux pour les décoller, et ajouta :

— Et que le kami de la rivière le tire par les pieds !

Omi tourna la tête vers la fillette.

— Tu ne l'aimes pas ?

— Je ne le connais pas.

— Alors, pourquoi dis-tu ces mots ?

— Je connais son père, Takemasa. C'est lui qui prend l'impôt sur les rizières de nos voisins. C'est un affameur, un tyran, un… Je ne peux pas prononcer ces mots-là devant une demoiselle comme vous.

— Qu'est-ce qu'il fait ?

— Il a tout pris, toute la récolte. Le riz, le mil, tout ce qui restait. Les paysans n'ont que leur poing à manger. Il y a déjà plein de morts.

— C'est épouvantable !

— C'est pour cela qu'il ne faut pas dire du mal du seigneur Nagamitzu, fit remarquer Kiku. Lui, il n'est pas ainsi. Sur une récolte plus petite, il prend toujours une part plus petite.

— Donne-moi du papier et un encrier, ordonna soudain Omi.

— Du papier ?

— Vous n'en avez pas ! Je n'y avais pas pensé.

Elle réfléchit.

— Il faudrait en fabriquer. Laver et gratter l'écorce de mûrier, la faire bouillir avec la cendre, la battre… Saurais-tu faire cela ?

Le visage de Kiku révélait que non.

— Et puis, il faudrait de la racine de tororo pour la glu.

— Il y a plus simple. Je sais où trouver du papier. Bien sûr, il ne sera pas neuf…

— Tant pis. Où y en a-t-il ?

— Dans les déchets du manoir, chez le seigneur Nagamitzu. Je peux même en trouver avec votre écriture. Si je découvre des feuilles pas trop utilisées, on pourra en découper un morceau propre. De l'encre, j'en emprunterai au village. Que voulez-vous écrire ?

— C'est mon secret.

CHAPITRE XIII

LA CHASSE DU SAMOURAÏ

C'était une heureuse idée qu'avait eue Omi de se présenter comme un garçon de douze ans. Saburo, qui en avait dix-huit, ne s'occupait pas d'elle, et personne ne voyait d'un mauvais œil ses discussions avec le seul enfant de la famille qui eût son âge.

— Kiku, souffla Omi, qui sont tous ces gens ?

— Vous ne les reconnaissez pas ? Ce sont ceux qui ont aidé au repiquage.

Omi n'osa pas avouer qu'elle n'arrivait pas à différencier les personnes. L'habillement de travail était le même pour tous, et les traits de visage lui semblaient sans relief. Ce n'était certainement qu'une impression, car elle arrivait tout de même bien à repérer Iwao et Kiku, c'est-à-dire ceux qui avaient de l'importance pour elle. Ne reconnaît-on pas, finalement, qui on veut ?

Aujourd'hui, elle était encore plus dépaysée. Les femmes ne portaient plus leurs cheveux noués en queue de cheval, mais flottant sur le dos. Leurs kimonos de couleurs les rendaient plus jolies, sans pourtant leur donner la grâce des femmes du manoir.

La grâce ou l'affectation ? se reprit aussitôt Omi. Elle s'était promis de faire attention, de se retenir de juger. Elle tentait d'être juste, mais comment l'appréciation ne serait-elle pas déformée par l'éducation, par l'habitude ? Et puis, un corps protégé de tout travail pouvait sans peine rester délicat.

— Est-ce une sorte de fête ?

— Bien sûr ! La fête du repiquage. On a fini les deux rizières de ma famille.

Omi détaillait avec curiosité les nouveaux arrivants, qui pénétraient un par un dans la cour.

— Je n'ai pas de costume de fête, s'inquiéta-t-elle soudain.

— Ça ne fait rien, je vous prêterai une ceinture de couleur. Pour un enfant, c'est suffisant.

Une ceinture de couleur ! Ainsi, les mots qu'elle croyait si simples avaient tous plusieurs sens. « Costume de fête » ne signifiait pas forcément « jupe de soie brochée et manteau chinois ». Cela pouvait signifier aussi « ceinture de couleur ».

Kiku paraissait tout heureuse.

— Il y a beaucoup de monde, dit-elle.

— Beaucoup, répéta Omi. Que de gens travaillent pour vous ! Êtes-vous des personnages importants, ici ?

Kiku pouffa joyeusement derrière sa main.

— Pensez donc ! Le travail est fini sur nos terres, mais maintenant, on va aller repiquer chez les autres.

— Chez ceux qui vous ont aidés ?

— Exactement ! Venez vite dans la maison, que je vous donne la ceinture.

Omi considéra Iwao. Il était méconnaissable. Ce n'était pas tant son costume qui avait changé, que l'expression de son visage. Il était chez lui, y accueillait ses hôtes, et il le faisait avec une grande déférence, comme s'il s'était agi de personnes de marque.

Et pourquoi ne le seraient-ils pas ? Toujours des questions. Chacun, si bas paraissait-il, avait droit à de la considération dans le monde qui était le sien. C'était rassurant finalement et, sans qu'elle sache pourquoi, cela lui enlevait un peu de mauvaise conscience.

Les hommes pénétrèrent en premier dans la maison. Chacun déposa ses sandales de paille à l'entrée, s'avança vers le maître de maison, s'agenouilla, puis, posant ses mains à plat sur le sol, s'inclina. Les femmes à leur tour saluèrent de la même façon, en s'inclinant toutefois plus profondément, et en laissant les mains près des genoux. Enfin on s'assit en cercle, les femmes d'un côté, les hommes de l'autre, sur ce plancher dont la famille était si fière et qui avait remplacé récemment la simple terre battue.

D'une main sûre, Iwao versa le saké dans une coupe en terre qu'il fit passer à chacun. On ne parla pas. On but discrètement en remerciant de la tête.

— Mes amis, prononça alors la maîtresse de maison, soyez remerciés, et veuillez excuser la modicité de ce repas.

Omi eut l'impression qu'il s'agissait là d'une phrase d'usage, car personne ne répondit. On se contenta d'incliner la tête en souriant, comme pour dire que tout était bien. Puis on fit circuler un grand bol de millet dont chacun prit modestement, avec la conscience que cette mesure de grains avait été conservée au prix de grandes privations, pour cette fête de fin des travaux.

Omi observait sans un mot. Elle savait que, malgré tout, leur façon de manger lui répugnerait, cette manière d'avaler bouchée après bouchée, sans interruption…

Elle ne pouvait retenir certains dégoûts, cependant elle commençait à comprendre ces gens. Ce qu'ils disaient, déjà, elle le saisissait mieux, elle ne prêtait même plus attention à leur accent rude. Elle avait conscience de les voir maintenant de l'intérieur, et non plus de l'extérieur.

Pourquoi alors ce sentiment de solitude ? Le fait qu'ils ne lui témoignent aucune déférence la choquait, mais quelle raison auraient-ils eue de le faire ? Sans son habit de soie, elle était n'importe qui. N'importe qui.

Il fallait reconnaître qu'ils avaient été gentils avec elle. Elle piquait une botte quand d'autres en piquaient trois, et personne ne s'était moqué, personne n'avait fait de remarque. On s'était contenté de lui confier seulement deux rangées au lieu de six. Alors, pourquoi n'arrivait-elle pas à se sentir à l'aise avec eux ? Tout était trop différent. Leur conversation l'ennuyait, elle ne trouvait rien à leur dire. Leurs plaisanteries lui échappaient, ils ne connaissaient aucun poème…

Et pourtant, elle ne voulait pas retourner là-bas, au royaume des faux-semblants et de la vie facile, au royaume des assassins. Voilà qu'on jouait de la flûte, à présent, assez adroitement, d'ailleurs. Les femmes se levèrent et commencèrent à danser.

Immédiatement, leurs frappements de mains parurent à Omi de la plus basse vulgarité, et leur danse encore plus. Ah ! Rien n'était-il jamais bien ? Ni ici, ni ailleurs, elle n'était à sa place. Le monde entier lui semblait laid et sale.

Non, elle était injuste. Elle avait tout de même regagné une certaine paix.

Omi ne savait où aller. Comme c'était le jour des dieux, on ne travaillait pas, mais on ne pouvait pas non plus demeurer à l'intérieur puisque le dieu de la maison devait déménager, ainsi qu'il le faisait à chaque saison. Aujourd'hui, il passerait du jardin au foyer, il fallait lui laisser le champ libre. Que décider ? Omi n'arrivait pas à se mêler aux autres et, en même temps, elle hésitait à s'éloigner, comme si le danger la guettait partout.

— Ichiro ! appela Kiku.

La fillette lançait toujours sa voix sans aucune pudeur, ce qui ne laissait pas de surprendre désagréablement Omi.

— Vous venez avec moi jusqu'à l'étang ? poursuivit-elle. Je vais chercher de l'avoine d'eau.

— De l'avoine d'eau ? Pour quoi faire ?

— Pour manger.

Omi s'inquiéta.

— Tu crois que c'est bon ?

— C'est mauvais, fit Kiku avec une grimace. C'est difficile à manger et ça ne tient pas au ventre, mais j'ai trop faim. Pas vous ?

Omi inclina la tête. Oh si ! elle avait faim, même si, depuis trois jours, elle essayait de ne pas y penser. Malgré son modeste appétit, les trois escargots quotidiens n'arrivaient pas à lui suffire. Comment les autres faisaient-ils ?

— Je vais avec toi, décida-t-elle.

Kiku avait raison, c'était mauvais. On avait beau mâcher, les tiges d'avoine ne se transformaient jamais vraiment en pâte et on s'étouffait en avalant.

— Si nous fabriquions des cages pour les cigales que nous prendrons cet été ? proposa soudain la fillette.

Son visage, qui s'était subitement éclairé, se rembrunit. Pour Omi, à qui on avait appris à ne jamais laisser transparaître ses sentiments, ces expressions étaient un amusant spectacle.

— Je n'aurai peut-être pas le droit de prendre des cigales cet été, finit tristement Kiku. Ma mère dit que, quand on a atteint douze ans, on ne doit plus jouer à des jeux de garçons.

— Ne vaut-il pas mieux laisser les cigales chanter dans la nature ?

— C'est amusant de les avoir près de soi.

Omi secoua la tête. Ses mains étaient gonflées et douloureuses, comment pourraient-elles effectuer un travail aussi minutieux ? Elle s'assit sur un rocher et frotta doucement ses doigts rougis sur son pantalon, comme elle l'avait vu faire aux paysans.

— Il faut arrêter le riz, déclara alors Kiku, ce n'est pas un travail pour les demoiselles.

— De quoi te mêles-tu ? Est-ce que je me plains ?

— Ce n'est pas un travail pour vous. Quand j'entends mon père ou mon frère vous parler comme si vous étiez un paysan, j'ai honte.

— Quelle importance ?

— Moi, si je vivais dans une aussi belle maison, avec des serviteurs, et des voitures et des chevaux, moi je…

— Tu ignores ce que tu ferais, Kiku, alors laisse-moi tranquille.

— Les gens de votre monde n'ont donc pas de sentiments ?

— Que veux-tu dire ?

— Si je disparaissais d'un coup, comme ça, mon père serait très inquiet. Vous ne faites pas de peine au vôtre ?

Omi eut un soupir agacé.

— Tu ne peux pas comprendre, Kiku, je te prie de me laisser.

La fillette détourna la tête d'un air froissé.

— Excuse-moi, se reprit Omi, je voulais seulement…

— Ça ne fait rien. (Kiku sourit.) Restez tranquillement à vous reposer, je vais quand même me mettre à la recherche de belles tiges de jonc pour mes cages.

Elle disparut aussitôt et, comme en réponse à ses paroles, le coucou lança son appel.

Derrière le pavillon de la Belle Vue, les orangers devaient mettre leurs premières fleurs. Elle ne les verrait pas. L'avoine d'eau ondulait sous la légère brise qui venait de se lever, et s'inclinait vers l'armée vacillante des roseaux qui fermaient le fond du lac.

Poser les mains sur la mousse fraîche et douce du rocher… Entre les herbes, les toiles d'araignée conservaient précieusement quelques gouttes de la rosée du matin. Omi connaissait une ravissante poésie, qui disait… Son regard fut attiré par un papillon. Elle oublia la poésie et pensa à sa mère. Ce papillon léger, jaune et élégant, n'était-il pas l'esprit de Masako ? Il semblait vouloir lui dire quelque chose, voletant autour d'elle, se posant ici, puis là. Non, ce n'était pas lui, l'esprit de sa mère n'aurait pas été aussi serein.

Omi porta la main à sa ceinture et frôla le manche de son couteau. Sa mère attendait la vengeance, et Omi la lui avait promise, chaque soir, depuis cette épouvantable nuit. Elle le tuerait. Elle tuerait le meurtrier. Il ne s'agissait que d'attendre l'occasion favorable.

Un bruit dans les roseaux. Instinctivement, Omi se baissa. Un oiseau étonnant, un cormoran semblait-il, venait de s'envoler brusquement. Et soudain, devant ses yeux stupéfaits, il se laissa tomber dans le lac pour en ressortir aussitôt avec un poisson.

— Bien ! lança une voix.

Omi cessa de respirer. Un homme était là, à une portée d'arc, un homme facile à reconnaître : le samouraï engagé par son père. Il était vêtu de la veste de chasse qu'elle lui avait vue le premier jour, et portait au côté gauche un sabre magnifique. L'arc était laqué de noir, comme l'avait dit Kiku.

Il l'avait vue. Omi se releva, essayant de faire comme si elle ne s'était baissée que pour examiner une herbe. Il ne fallait surtout pas parler : sa voix pouvait la trahir. Certes elle ressemblait à un jeune garçon dont il serait normal que la voix n'ait pas mué, mais si le moindre doute venait à Takeyori, il examinerait son visage. Or, son visage, il le connaissait !

C'est à peine si le jeune homme lui jeta un regard.

— Va !

Il venait de nouveau de lancer son cormoran et suivait l'oiseau des yeux. Puis, sans regarder Omi, il dit :

— Le cormoran revient toujours vers son maître.

Assise sur le rocher, la jeune fille fit comme si elle n'avait rien entendu. Elle observa la plongée, puis le retour de l'oiseau, qui laissa tomber son poisson avant de repartir. Chacun s'appliquait à ignorer la présence de l'autre ; tous deux suivaient des yeux, avec insistance, le vol du cormoran.

Soudain, un sifflement, ou plutôt trois sifflements – si brefs qu'ils se confondaient en un seul – et quelque chose frappa le rocher où se tenait Omi. Un morceau de bambou. Sans réfléchir, elle le ramassa. Il avait exactement la longueur d'une flûte, et l'un des bouts, dont la sève suintait encore, présentait un léger biseau. Elle leva un œil méfiant vers Takeyori. Son sabre était dégainé, la pointe sur le sol. Était-ce lui qui, en trois sifflements de sa lame, avait, de façon si précise, taillé et envoyé là ce bambou à flûte ?

Un exploit de véritable samouraï.

Omi ne fit aucune réflexion. Elle regretta d'avoir ramassé l'objet, mais Takeyori ne regardait pas de son côté. Avait-il tout simplement voulu attirer son attention ?

— Le sabre, dit-il sans élever la voix, a la substance des étoiles.

Il souleva la pointe de l'arme, comme pour mieux contempler les reflets, et ajouta :

— De même, le cœur de certaines femmes.

Avait-il vraiment prononcé ces mots ? Omi crut avoir rêvé. Le samouraï avait disparu, avec son sabre, son cormoran et ses poissons.

Non, pas ses poissons. Il les avait laissés aux pieds d'Omi. Tout s'embrouillait. Les paroles... Rien de ce qu'avait dit Takeyori n'était anodin. L'avait-il reconnue ?

Le soir tombait, une nuée de corbeaux s'envola. Omi serra contre elle la toile rêche de sa chemise. Elle avait froid. Où était Kiku ?

CHAPITRE XIV

BOULEVERSEMENTS

La psalmodie du prêtre s'arrêta. Il venait de finir de lire les sutras à la mémoire des insectes tués lors du repiquage du riz, et l'assemblée, jusqu'alors immobile, se remit en mouvement. Comme il en avait été convenu, les femmes partaient pour le village, où elles tenteraient d'échanger les sandales de paille qu'elles avaient fabriquées contre un peu de nourriture. Sans guère d'espoir. La pénurie était la même partout, et tout ce qui pouvait se manger l'avait déjà été.

Les hommes, eux, fêtaient la fin du repiquage en s'affrontant au jeu de trictrac. Ils avaient bien proposé à Omi une partie, mais elle ne savait pas jouer.

Sa situation de garçon commençait à l'embarrasser, d'autant qu'elle se sentait tout de même plus à l'aise avec les femmes. Or, rester avec elles aurait pu paraître bizarre, voire inconvenant. Elle préféra quitter la maison. Elle se promènerait un peu.

Finalement, elle était heureuse. Elle avait tenu. Malgré la souffrance de tous ses muscles, elle avait gagné, gagné à la fois sa propre estime et sa part de riz de la saison prochaine. Seulement, maintenant, il ne fallait pas se le cacher, une décision était à prendre : le travail fini, il faudrait partir. Partir où ? Elle y avait pensé toute la nuit. Aller vers l'inconnu l'angoissait. Le mieux serait de se retirer dans un monastère, elle y serait à l'abri.

Autrefois, à plusieurs reprises, elle s'était rendue avec sa mère, pour prier quelques jours, au monastère de la montagne. Elle se rappelait qu'on y montait par des degrés de bois, et que c'était très, très haut.

Elle regarda autour d'elle. L'avait-elle voulu ? Voilà qu'elle se trouvait près du lac, sur le sentier qui s'ouvrait à travers les herbes.

Elle eut un haut-le-corps. Le samouraï de son père, surgi de nulle part, venait de se planter devant elle. Il la dévisageait avec des yeux moqueurs, comme la première fois. Elle aurait voulu le foudroyer du regard. Si elle ne le put pas, c'est qu'elle était presque soulagée de le voir là. Néanmoins, avec un temps de retard, la colère monta en elle :

— Qui vous permet de vous mettre sur mon chemin ?

Le jeune homme ne bougea pas d'un pouce.

— Je suis tout à fait désolé, déclara-t-il, mais j'ai besoin de vous parler.

— Je ne vous connais pas. Vous n'avez donc rien à me dire.

Elle fit un mouvement pour se glisser par le côté. Il la retint par le bras.

— C'est important, insista-t-il.

Elle se dégagea d'un geste furieux :

— Vous ne pouvez ni me connaître ni avoir quoi que ce soit à me dire : je m'appelle Ichiro et je travaille aux rizières.

Takeyori l'observa un moment d'un œil amusé. En même temps, il y avait dans son regard quelque chose de chaleureux.

— Si c'était le cas, reprit-il d'un ton calme, vous n'oseriez pas parler sur ce ton à un samouraï. Et je ne connais qu'une seule personne capable d'une telle agressivité.

Le visage d'Omi resta de marbre. Elle bénit intérieurement sa bonne éducation, elle était sûre de n'avoir pas accusé le coup. Le pire était que ce prétentieux avait raison ; si elle voulait être un paysan, il fallait le rester jusqu'au bout.

Takeyori se tourna vers le lac. Il ne la regardait pas et elle lui sut gré de ne pas profiter de son embarras. Il continua à parler comme si ses paroles précédentes n'étaient d'aucune conséquence.

— Inquiétude et tristesse, dit-il. Il ne faut pas jouer avec le cœur des autres.

Omi ne répondit pas.

— Votre père se ronge.

— Je n'en crois rien.

Takeyori tourna légèrement la tête et la regarda en coin.

— Cela ne souffre pas le doute. Le seigneur Nagamitzu en a perdu le sommeil.

— S'il ne dort pas, ce n'est sûrement pas à cause de moi, ou du moins pas du fait de mon absence.

— Pourquoi voudriez-vous…

— Il y a des choses qui ne vous regardent pas.

Takeyori eut un geste, comme pour admettre qu'elle n'avait pas tort.

— Si vous ne revenez pas pour lui, revenez pour Ateki. Elle est très malheureuse et se sent responsable.

Un long silence. Quelques chants d'oiseaux, montant des roseaux.

— Écoutez, Takeyori…

Le jeune homme nota que, finalement, elle connaissait son nom. Il continua d'observer les rides de l'eau, qui se couraient après interminablement.

— Dites à Ateki, poursuivit Omi, que je voudrais la rencontrer. Pouvez-vous l'amener ici ?

Sans la regarder, le samouraï inclina la tête. Elle ne vit pas le sourire dans ses yeux.

— Omi ! Comme vous voilà mise !

Ateki en avait presque les larmes aux yeux. Elle lutta. Elle s'était promis de ne pas faire de remarque, cela ne servirait à rien qu'à durcir la situation.

— Je voudrais juste comprendre, Omi.

— Comprendre ? Ateki, tu ignores tant de choses. Connais-tu seulement ces vêtements ?

— Ce sont ceux des paysans.

— Et pourquoi sont-ils vêtus ainsi ?

— Ce ne sont que des gens ordinaires, ils n'attachent pas d'importance…

Omi hocha la tête d'un air découragé.

— Sais-tu ce qu'ils mangent ? L'air du temps. Est-ce parce que l'air du temps est meilleur qu'un bon plat de riz ?

Comme Ateki baissait la tête, elle continua :

— Pourquoi portons-nous des kimonos de soie ? Pourquoi mangeons-nous chaque jour ? Parce que ces gens-là travaillent pour nous, et nous donnent leur riz, leur chanvre, leur soie. C'est injuste, Ateki. C'est injuste !

— Mais enfin, petite maîtresse, c'est normal. Les seigneurs ne peuvent tout de même pas travailler la terre. Enfin… comment comparer, c'est une autre race.

Sous le regard d'Omi, Ateki se sentit rougir. Elle n'avait jamais réfléchi à ce genre de question. N'était-elle pas en train de dire des sottises ? Elle n'était plus sûre d'avoir raison, sans pouvoir toutefois se défaire de l'impression qu'Omi s'était salie en se mêlant à des gens si humbles.

— Je suis heureuse de vous revoir, ajouta-t-elle rapidement. Il se passe des choses graves, Omi.

— Si tu veux parler de la soi-disant inquiétude de Nagamitzu, je m'en moque totalement.

— Ce n'est pas cela. Et puis, si votre père ne dort pas, il va tout de même un peu mieux depuis que le prêtre lui a révélé votre avenir.

— Un prêtre ? Qu'a-t-il dit ?

— Je l'ignore. Le seigneur Nagamitzu ne nous a rien répété.

— De quel droit Nagamitzu se permet-il de consulter mon avenir ? Il me semble que c'est quelque chose qui m'appartient en propre !

— Ne vous fâchez pas, Omi. Il faut que je vous apprenne quelque chose de très sérieux : c'est la guerre.

— La guerre ? Avec qui ?

— Avec le seigneur Takemasa.

— Ah ! Ce méprisable individu.

— Vous lui avez, si j'ai bien compris, envoyé une missive lui reprochant d'affamer son peuple et de lui donner ainsi la mort de ses propres mains.

— Et j'ai signé de mon nom. Cela n'engage que moi. Maintenant, qu'il se batte avec Nagamitzu s'il le veut, que les fauves s'entretuent et le monde en sera soulagé.

Ateki demeura atterrée.

— Omi, comment pouvez-vous parler ainsi ? Votre père ne mérite pas…

— Nagamitzu n'est rien.

— Pardon ? Expliquez-vous, Omi, je ne comprends pas.

— C'est que tu ignores qui il est vraiment.

— Je le connais depuis…

— Une nuit, ma mère est morte. Noyée dans le lac, c'est ce qu'on a dit, n'est-ce pas ?

Ateki ne fit pas un geste. Elle écoutait avec une douloureuse attention.

— C'est faux. Ma mère a été poussée dans le ruisseau, et son corps a dérivé ensuite jusqu'au lac. Il avait beaucoup plu, le cours de l'eau était rapide, tu te souviens ?

Ateki acquiesça avec inquiétude.

— Celui qui a poussé ma mère, c'était son propre mari.

— Comment ?… C'est impossible !

— Je l'ai vu, martela Omi. C'était Nagamitzu.

Le visage d'Ateki mit du temps à retrouver son calme, et elle resta ensuite comme assommée. À plusieurs reprises, elle secoua la tête, en répétant :

— Ce n'est pas possible. Ce n'est pas possible.

Enfin, elle leva les yeux et demanda :

— Comment pouvez-vous en être sûre ? Il faisait nuit.

— Il faisait clair de lune.

— Une ombre. Vous n'avez vu qu'une ombre !

— Je sais distinguer l'allure d'un serviteur de celle d'un guerrier, de celle d'un palefrenier. La silhouette de Nagamitzu ne m'est, hélas, que trop connue !

— Ce n'est pas possible.

— C'est tout ce que tu sais dire ?

— Excusez-moi.

Ateki réfléchit un moment et ajouta :

— Ces paroles sont dénuées de grâce, je le concède, mais porteuses d'une vérité profonde : que Nagamitzu ait tué votre mère est impensable.

— Et pourtant, cela est.

— Non. Il vaut mieux parfois croire son cœur plutôt que ses yeux. Masako était votre mère, mais elle était aussi la femme de Nagamitzu, sa femme bien-aimée… Ne m'interrompez pas, Omi. Nagamitzu aimait profondément Masako. Sa mort l'a bouleversé, il en a beaucoup souffert. Beaucoup. Et même aujourd'hui, sa blessure n'est pas refermée.

— C'est un bon comédien.

— Non… Oh non, Omi ! Il y a autre chose, autre chose qui me persuade qu'il n'a pas tué Masako.

— Nagamitzu peut se tourmenter parce qu'il a poussé ma mère dans un moment de colère et qu'il en a des remords.

Ateki resta un moment pensive.

— Non. Nagamitzu est incapable d'un tel geste, et si par malheur il l'avait fait, il se serait ensuite précipité pour repêcher la pauvre femme. Il ne serait pas parti en la laissant se noyer. Écoutez-moi, Omi. L'autre argument, ce que je voulais vous dire et que vous ignorez, est que Masako attendait un bébé.

Omi demeura sans un mot.

— Un bébé, vous comprenez ? Vous savez comme Nagamitzu aurait aimé avoir des enfants. Un fils, cela l'aurait comblé, puisqu'une fille, dans son esprit, il en avait déjà une : vous. Et quoi que vous disiez, il vous aimait comme sa fille.

Aucune réaction.

— Il entourait sa femme d'égards, ce bébé était pour lui une grande joie. Après tant d'années...

Ateki se tut et contempla le visage d'Omi. Aucun fard n'aurait pu accentuer sa pâleur.

CHAPITRE XV

UNE REMISE EN ORDRE

— Donnez-lui cette décoction de racines de pivoine et faites bouillir du bois de saule. Tant qu'elle aura de la fièvre, il faudra qu'elle en boive plusieurs fois par jour.

— J'ai fait venir une miko [1], l'informa Nagamitzu à voix basse. Mais elle affirme que le démon est déjà parti et que son intervention n'est plus nécessaire.

— La fièvre devrait tomber, poursuivit le médecin. Dès qu'elle le pourra, il faudrait qu'elle mange un peu. Elle est très affaiblie (il hocha la tête), cela semble devenir une maladie contagieuse.

— Que voulez-vous dire ?

1. Prêtresse pratiquant la magie.

— C'est étrange, mais son état physique est plus proche de celui qu'on voit aujourd'hui chez le peuple que des symptômes d'une vraie maladie.

— Le peuple est affamé, je le sais, Ateki me l'a rappelé. J'ai fait redistribuer aussitôt ce qui n'était pas indispensable à notre survie. Je veillerai personnellement à ce que nos rations soient réduites. Cela dit, vous avez raison : il semble qu'Omi n'ait pratiquement rien mangé depuis dix jours.

— Si le démon est parti, tout devrait redevenir normal, ne vous inquiétez pas. Toutefois, par mesure de précaution, faites donc donner du tambourin pour le tenir éloigné.

— J'ai ici de très bons archers. Je préfère la vibration de la corde. Encore qu'allier les deux ne serait peut-être pas inutile.

— Quant à vous, n'omettez pas de manger de la racine de ginseng, comme je vous l'ai prescrit.

— Mon état de santé vous semble mauvais ?

— Protéger sa vie est toujours souhaitable. De la racine de ginseng et un bon sommeil…

Nagamitzu hocha pensivement la tête. Dormir ? Comment le pourrait-il ?

Le médecin l'observa un instant avant d'ajouter :

— Pour le sommeil, un peu de pavot dans le saké… à condition de ne pas en abuser.

*

Ce fut le parfum d'encens qui frappa tout d'abord Omi. Elle ouvrit les yeux. Elle n'était pas allongée sur une natte, mais sur un matelas de paille pressée, son matelas.

— Elle reprend conscience, murmura la voix d'Ateki.

La dame de compagnie se tenait d'un côté du lit, tandis que la gouvernante s'approchait de l'autre.

— Comment vous sentez-vous ?

La jeune fille mit un moment à réaliser que c'était à elle qu'on s'adressait. Elle tenait les yeux fixés sur Ateki, pourtant elle ne voyait rien. C'était comme si elle évoluait dans un autre monde, et que son esprit n'avait pas encore regagné son enveloppe terrestre.

Dame Saisho lui souleva la tête pour lui donner à boire une infusion amère. Son être de chair existait donc, palpable, vivant.

— Elle n'est pas encore vraiment réveillée, chuchota-t-on.

— J'ai l'impression qu'elle ne nous reconnaît pas.

— Ne la brusquons pas, il faut la laisser revenir à la vie à son propre rythme.

— Je vais avertir le seigneur Nagamitzu.

— Attendez, murmura la voix d'Ateki, il vaut mieux qu'il ne vienne pas pour le moment.

Omi ne réagit pas. Elle saisissait parfaitement les paroles qu'elle entendait, mieux que les deux femmes ne le croyaient, et cependant elle se sentait tout à fait incapable de prononcer un mot.

Nagamitzu... Elle se rappelait tout.

Et si Nagamitzu n'était pas coupable ?

Mais elle l'avait vu, lui !

Et si elle avait rêvé ?

Sottise ! Elle n'avait pas pu imaginer cette scène après coup, dans un cauchemar affreux puisque, ce matin-là, quand Ateki était entrée dans sa chambre en pleurant pour lui raconter qu'on venait de trouver sa mère noyée dans le lac, elle avait compris tout de suite que la scène de la nuit était bien réelle, qu'il s'agissait d'un meurtre, et que l'assassin était Nagamitzu. Elle avait été bouleversée au point de rester plusieurs jours sans pouvoir prononcer une parole, et s'était trouvée par la suite incapable de révéler ce secret à qui que ce fût.

Serait-il possible que l'homme qu'elle avait vu ne soit pas Nagamitzu ? Pourtant, quand elle lui avait crié qu'elle savait tout, il avait bel et bien pâli. Son visage d'alors ne pouvait tromper personne : il était coupable. Il avait un visage de coupable.

Malgré tout, ce que disait Ateki se tenait aussi. Que penser ? Si ses soupçons étaient injustifiés, ce serait horrible. Elle aurait gâché la vie de tous, haï son père, sans raison. Épouvantable. Et en même temps, quel soulagement !

En cherchant au fond d'elle-même, que trouverait-elle ? Elle s'était juré de tuer le meurtrier, et plusieurs fois elle en avait eu l'opportunité – elle était seule avec lui, elle devait porter le coup.

À chaque fois, elle s'était trouvé des excuses. Nagamitzu était trop fort, son coup serait paré et tout serait compromis, il fallait attendre une occasion où il serait sans défense, une occasion où il serait plus proche, une occasion où il serait distrait, pour qu'il ne puisse pas réagir, peut-être quand il dormirait…

Oui, il fallait se rendre à l'évidence : tuer Nagamitzu avait été au-dessus de ses forces. Peut-être parce qu'elle l'avait tant aimé autrefois, qu'il avait été un père si bon, si indulgent. Elle n'avait pas pu. Sentait-elle depuis longtemps que rien de tout cela ne tenait debout ?

Ce matin-là, quand Ateki avait pénétré dans la chambre, ses vêtements avaient la même odeur qu'aujourd'hui, cela la frappait soudain. Et rien que cette odeur, ce mélange de camphre et de musc, réveillait sa haine. Le camphre et le musc étaient l'odeur de la haine.

Takeyori, lui, sentait le bois d'aloès, un parfum rassurant. Il faudrait qu'elle prenne conscience de toutes les senteurs qui avaient fait sa vie, et qui étaient peut-être plus marquantes dans ses souvenirs que ses souvenirs eux-mêmes, plus insidieuses parce qu'elle ne les avait pas, sur le moment, remarquées. Et voilà qu'elles lui semblaient soudain gouverner ses sentiments.

Nagamitzu… Oh non, Nagamitzu n'était pas coupable ! Elle voyait ses yeux francs et toujours un peu étonnés, ceux d'un homme qui n'imagine même pas l'existence du mal. Elle le percevait aujourd'hui comme elle aurait dû toujours le voir, avec les yeux du cœur, qui sont les plus fiables.

Omi tourna la tête. Pourrait-elle recommencer un jour à vraiment l'aimer ? Pourrait-elle arracher de son cœur les débris d'une hostilité qui était, au fil du temps, devenue la trame de sa vie ?

— Ateki ! souffla-t-elle.

La jeune femme s'approcha aussitôt, glissant avec discrétion sur les genoux.

— Ateki, je voudrais que tu ne mettes plus ce parfum.

— Ah… Bien. Puisque vous ne l'aimez pas, j'en changerai.

— Attends ! (Omi lui attrapa la main.) Ce n'est pas parce que je ne l'aime pas. C'est… c'est trop compliqué. Un jour, peut-être…

Ateki sourit.

— Cela n'a aucune importance, petite maîtresse. Il est des choses dont on ne saisit pas la signification et qu'il faut néanmoins respecter. On ne sait pas, mais on sent. Quoi que vous éprouviez, si cela vous est une gêne, il faut en tenir compte. Cette petite modification ne me dérange aucunement. Au contraire, vous me faites penser que je porte ce parfum depuis trop longtemps.

Elle glissa jusqu'à la cloison et passa dans sa chambre. On entendit bientôt de discrets froissements de soie.

Les yeux d'Omi firent le tour de la pièce. C'était comme si elle voyait tout pour la première fois. La lumière tamisée par les rideaux de soie blanche éclairait faiblement les deux miroirs que quelqu'un avait frottés et raccrochés à leur place, les boîtes de cuir lui semblaient neuves, les livres sur les étagères redevenaient vivants. Ils n'étaient plus seulement un décor dans lequel on sélectionnait les feuillets qu'on voulait lire, mais des fascicules qui se soutenaient les uns les autres, qu'elle connaissait tous par leur nom, dont elle avait cent fois étudié le texte. Le livre de *Contes* s'appuyait sur l'*Anthologie chinoise*. Les six cents fascicules du *Livre de la Parfaite Sagesse* tenaient compagnie au *Grand Charme d'Amida*.

Quelqu'un avait posé une statue du Bouddha sur une table basse, si près de son visage qu'elle pouvait détailler toutes les veines du bois. Le store de la fenêtre de gauche était neuf, de jonc très fin, d'un joli vert… Et elle ne connaissait pas ce nouveau paravent, doré à l'or de Chine, et décoré de branches de cerisier et de bambous.

Elle se sentait par bouffées si heureuse, et aussitôt si malheureuse. La haine et la fureur étaient en train de l'abandonner, et voilà qu'elles se trouvaient peu à peu remplacées par la confusion, l'embarras, peut-être le remords.

Comment savoir ? Comment être sûre ? Fallait-il se fier à l'apaisement de son esprit, qui signifierait l'innocence de Nagamitzu ?

Le frottement de la porte. Quelqu'un entrait.

— C'est toi, Ateki ?

— Oui. Avez-vous besoin de quelque chose ?

— Ateki… Est-il vrai que les âmes de nos ancêtres ne nous quittent jamais ?

— On dit que les lucioles et les cigales sont les âmes errantes des morts.

— Reviennent-elles vraiment, en cette nuit du huitième mois où l'on allume les torches ?

— Bien sûr, Omi, les âmes reconnaissent les flammes et l'odeur du bois de pin, et sont heureuses de retrouver leur maison, et que leurs enfants ne les aient pas oubliées.

— Si on allumait les torches, Ateki ?

— Nous ne sommes pas au huitième mois.

— Tu crois que les ancêtres sont si pointilleux ? Tu crois qu'ils ne viendraient pas ?

— Je n'en ai aucune idée. Mais si vous le désirez, partout ce soir brûleront les lumières.

— Je te remercie, Ateki.

La dame de compagnie contempla le petit visage aux yeux creux. Sa jeune maîtresse avait besoin d'aide. Que faire pour elle ?

— Comment va-t-elle ? s'inquiéta Nagamitzu.

— Mieux. La fièvre est tombée.

— Et dans quel état d'esprit te semble-t-elle ?

— Je crois que la miko a raison… Oh ! seigneur Nagamitzu, vous ne pouvez savoir mon émotion. Elle m'a parlé comme autrefois, vous vous rappelez, quand elle prenait son air réfléchi qui nous faisait tous rire… Bien sûr, ce n'est plus tout à fait pareil aujourd'hui, mais je retrouve soudain l'enfant qu'elle a été.

— Cela signifierait qu'il s'agissait bien d'un démon, un démon qui s'était emparé de l'esprit de ma fille !

Ateki resta un long moment sans rien dire, avant de prononcer d'une voix hésitante :

— Je ne crois pas, seigneur Nagamitzu.

— Que veux-tu dire ?

— Je ne crois pas que ce soit un démon.

— Explique tes paroles !

— Je sais ce qui tourmente votre fille.

Nagamitzu regardait fixement Ateki, attendant avec intérêt qu'elle veuille bien poursuivre, mais la jeune femme se sentait si embarrassée qu'elle n'arrivait pas à se décider.

— Tu m'impatientes, Ateki, cesse de me faire languir.

— C'est que…

Ateki ne savait plus comment se sortir de ce guêpier. Et si par hasard Omi avait raison et que Nagamitzu fût coupable ?

Le maître eut un geste déçu et déclara :

— C'est bien, tu es en droit de ne pas dire ce que tu penses ne pas devoir dire. Je serais impardonnable d'exiger que tu parles contre ta conviction. N'aie aucun souci, je ne t'en veux pas.

Plus que la colère ou les droits du maître, ces mots touchèrent Ateki. Elle ne réfléchit pas plus :

— Omi croit que vous avez tué Masako.

La phrase était sortie d'un trait. Elle toucha Nagamitzu de la même façon, ainsi que la flèche dont on ne sent pas immédiatement la blessure. Il resta immobile, comme s'il avait du mal à saisir le sens des mots.

— Que j'ai tué…

C'est tout ce qu'il put dire. Il se rendait compte que son visage était défait et tourna la tête pour ne pas se donner en spectacle.

— Je… ne savais pas qu'elle me détestait à ce point. Elle n'a pas dû supporter que j'épouse sa mère, que je remplace son père, qu'elle n'a pourtant jamais connu.

Il baissa la tête et murmura :

— Je croyais qu'elle m'aimait.

Il y avait des sanglots dans sa voix.

— Ce n'est pas cela, rectifia rapidement Ateki. Ce n'est pas ce que vous imaginez. C'est plus grave… Ou non, peut-être moins grave. Omi vous a vu, sur le petit pont, pousser Masako dans le ruisseau.

Nagamitzu resta figé, sans plus parvenir à maîtriser l'expression de son visage. Foudroyé. Enfin ses yeux reprirent vie.

— Elle m'a vu… ?

Ateki fit un signe positif.

— Elle m'a vu… moi ?

Peu à peu, le sang se remit à affluer à ses joues. Il fit quelques mouvements de mains, puis de pieds, jusqu'à finir par arpenter la pièce d'un pas d'une nervosité incontrôlable.

Ateki hésitait sur la conduite à tenir.

— C'est sans doute ce dont elle voulait parler, ajouta-t-elle, le jour où elle vous a dit qu'elle savait tout.

Nagamitzu ne répondit pas. Son visage devenait effrayant à voir, altéré, douloureux, décomposé. Ateki reprit :

— Comme je vous l'avais laissé pressentir, l'adoption de Takeyori ne jouait aucun rôle dans sa colère.

Mais Nagamitzu n'entendait plus rien. Il semblait maintenant avoir du mal à respirer. Ateki ne savait qu'en penser.

— Asseyez-vous, dit-elle, je vous en prie, il faut vous calmer.

Nagamitzu arrêta son pas, puis leva sur elle des yeux à la fois pleins de lucidité et d'effroi.

— Me calmer, Ateki ? Quelqu'un a tué ma femme ! Quelqu'un a tué ma femme !

CHAPITRE XVI

DES VISITES TROUBLANTES

— Omi, ma petite fille, je viens d'apprendre une chose terrible. (Nagamitzu s'interrompit un court instant.) Excuse-moi, je sais que tu es encore très faible et je ne voudrais pas te fatiguer.

Omi eut un vague geste de la main.

— Ateki m'a dit…, reprit-il aussitôt. Je comprends. Je comprends que, si tu as cru que j'avais tué ta mère… C'est terrible ! Je comprends que tu m'aies haï, j'aurais même compris que tu veuilles me tuer. (Il fixa subitement les yeux de sa fille.) Tu l'as voulu, n'est-ce pas ?

Omi hocha la tête.

— Tu l'as voulu, mais tu ne l'as pas fait. Pas par manque de courage, je te connais. Peut-être seulement parce que tu n'arrivais pas tout à fait à croire ce que tes yeux avaient vu.

Omi détourna la tête. Regarder Nagamitzu lui faisait mal.

— Mais je ne veux plus parler de cela. Ça n'a plus d'importance. Je crois que tu as compris que ce n'était pas moi et, si tu n'en es pas sûre, tu le deviendras, j'ai confiance en ton jugement et en la droiture de ton cœur. Je ne suis venu ni me défendre, ni te persuader. Je suis venu te demander : qui a tué Masako ?

Omi essuya d'un doigt discret la larme qui perlait.

— Je ne sais pas. C'était vous. C'était quelqu'un comme vous.

— Portait-il mes vêtements ?

— Des vêtements semblables. La couleur, je ne sais pas.

— Il avait mon allure, ma taille… Vois-tu un serviteur, un guerrier de cette maison qui puisse…

Nagamitzu s'arrêta, l'œil fixe. Il demeura immobile, le regard rivé sur la fenêtre comme s'il venait d'y apercevoir un épouvantable démon qui s'apprêtait à lui sauter au visage.

— Ô Bouddha Amida, murmura-t-il. Ô Bouddha Amida.

*

— Comment ai-je pu penser… ?

— Ne vous tourmentez plus, Omi, votre père a jugé qu'il n'y avait là aucune offense.

— Comment ai-je pu ! Il a été... il a été l'homme qu'il est toujours. Il ne m'a rien reproché. Il m'a même dit que j'avais eu raison de vouloir le tuer.

— Votre père comprend le cœur humain. Il serait inutile de lui expliquer vos sentiments, il connaît déjà tout.

— Il sait qui a tué ma mère, n'est-ce pas ? Je l'ai vu sur son visage. Il sait, j'ai lu l'horreur dans ses yeux.

— Un homme si pacifique. Comment aurait-il imaginé qu'on puisse assassiner sa femme ? L'idée même de meurtre lui est étrangère.

— Qui est coupable de cette horreur ? Tu n'en as pas d'idée ?

— Aucune. Et je n'ai pas réussi à arracher le moindre mot à votre père.

— Que va-t-il faire ?

— Je l'ignore, mais que pourrait-il faire ? Jamais il n'aura de certitude, et il n'est pas homme à condamner sans preuve absolue. Il ne faut plus vous tourmenter, vous avez besoin de repos.

— Il faudra que j'aille voir Kiku, pour m'excuser d'être partie.

Ateki nota avec soulagement qu'Omi avait dit « m'excuser d'être partie », comme si elle l'avait fait de son plein gré. Or, elle n'avait pas choisi : quand elle s'était évanouie, Takeyori l'avait prise dans ses bras et ramenée à la maison.

— Ne vous inquiétez pas, la rassura-t-elle. Takeyori est allé lui parler. Si vous aviez vu la tête d'Iwao et de sa famille lorsque Kiku leur a révélé qui vous étiez en réalité ! Ils ont fait dire des prières pour votre guérison.

— Ce sont des gens merveilleux, soupira Omi.

Elle glissa son regard par la fenêtre dévoilée, vers le coin de ciel bleu, vers le soleil qui n'entrait pas ici mais baignait les rizières.

— Et puis il y a ceci, reprit Ateki. On l'a apporté pendant que vous dormiez.

Elle lui tendit une lettre sur papier violet, un rouleau fermé par simple torsion à chaque bout, et attaché à un rameau de glycine délicieusement odorant.

Omi déroula le papier avec lenteur.

La fleur sur la branche
renaît à chaque printemps.

L'écriture, elle la connaissait. Elle roula de nouveau la lettre. Sur le plafond, là-bas, les veines du bois dessinaient comme une feuille de bambou.

— Voici dame Saisho, annonça Ateki.

— Enfin, Omi, on me dit que vous êtes mieux. J'ai eu tant de travail que je n'ai pas pu venir vous voir plus tôt, mais je me suis tenue informée de votre état.

Omi eut un vague sourire.

— Maintenant que vous allez mieux, poursuivit la gouvernante, nous pouvons vous refaire un visage convenable. Nous trouverons tout ce qu'il faut dans la boîte à maquillage de votre mère.

Omi ouvrit des yeux interrogateurs, et dame Saisho prit aussitôt un air gêné. Elle avait peut-être été un peu trop pressée.

— Un peu de poudre et des sourcils bien dessinés..., tenta-t-elle.

— Vous me fatiguez, dame Saisho.

La gouvernante lança un regard courroucé à Ateki : ainsi, on l'avait trompée, Omi n'était pas plus raisonnable aujourd'hui qu'hier ! Elle sortit d'un pas vexé.

— Dame Saisho a beaucoup de travail, c'est vrai, excusa Ateki. Vous le savez, Takemasa a déclaré la guerre à votre père.

— Comment ? Il a maintenu ? Mon père ne m'en a pas parlé, j'ai cru que cette histoire s'était heureusement terminée.

— Hélas ! Takemasa n'est pas un homme aussi conciliant que Nagamitzu.

— Je savais Takemasa infâme, mais je vois que, en plus, il est sot.

— Tout le monde n'a pas l'âme assez forte pour entendre une vérité. Nous aurons la guerre.

La guerre ! Omi réalisa soudain que les bruits étranges qui peuplaient son sommeil étaient le cliquetis des armes dans les cours. Les bushi [1] s'entraînaient au maniement du sabre. Elle revit soudain le bambou coupé si net, à ses pieds.

— Je crois que voici notre visiteur, dit Ateki.

— Quel visiteur ?

— Le jeune samouraï. Depuis que vous êtes malade, il vient prendre régulièrement de vos nouvelles. Il me semble qu'il est accompagné de dame Saisho.

Aussitôt, Ateki sortit du côté de la véranda et on entendit un échange de chuchotements. Puis Ateki pénétra de nouveau dans la pièce en refermant la porte derrière elle.

— Petite maîtresse, c'est bien Takeyori. Peut-il vous parler un instant ?

Omi fit un petit signe de la tête. Elle ne se sentait pas fatiguée et pouvait même tenir assise.

Avec dextérité, Ateki tira le paravent pour masquer le lit, avant de rouvrir la porte.

1. Guerriers.

— Ateki, intervint Omi d'une voix calme, les paravents sont comme les fards, ils m'agacent.

La dame de compagnie faillit répondre qu'il n'était pas convenable... mais Omi s'était toujours moquée du convenable. De toute façon, il n'y avait plus rien à décider : aux paroles d'Omi, Takeyori avait lui-même fait glisser le paravent de côté. Il s'inclina.

— Oh ! s'exclama dame Saisho en entrant derrière lui. Seigneur Takeyori, j'aurais supposé que vous aviez davantage de savoir-vivre !

Takeyori n'eut pas un regard pour sa tante. Il sourit à Omi.

— Je connais déjà le visage de cette jeune fille.

Il y avait dans sa voix, comme toujours, un mélange de chaleur et de moquerie.

— Ce n'est nullement une raison ! se scandalisa la dame.

Elle luttait contre l'envie de rester et celle de sortir d'un mouvement outré qui marquerait bien sa désapprobation.

— Je vous en prie, dame Saisho, intervint Omi. Je crois que vous avez beaucoup à faire, et Ateki suffit pour l'instant à mon service.

Les lèvres de la vieille dame se pincèrent. Elle s'inclina d'un mouvement sec et quitta dignement la pièce.

— Je suis heureux, dit Takeyori, de voir que vous allez bien.

Le ton était léger, et Omi en saisit l'ironie. Au lieu de se fâcher, elle rit. Elle avait ouvert son éventail. Takeyori ne voyait que ses yeux. Ils étaient gais comme il ne les avait jamais connus. Omi redevint aussitôt sérieuse et referma son éventail.

— On dit qu'il va y avoir la guerre, s'inquiéta-t-elle.

— La guerre est l'accomplissement de l'homme.

— Je ne crois pas un mot de ces sottises, se fâcha Omi. La guerre est une chose monstrueuse et – pire – absurde ! Que les guerriers de mon père risquent leur vie pour une sottise...

— Ne craignez rien, nous sommes très bien entraînés. Nous défendrons le domaine comme il se doit.

Sur ces mots, Takeyori fit glisser son sabre hors du fourreau laqué et en posa la pointe à terre, ainsi qu'il l'avait fait un jour, près du lac.

— Voyez, dit-il, son polissage a duré cinquante jours, cinquante jours de l'aube au crépuscule, cinquante jours où l'âme lui a été insufflée. C'est pourquoi l'homme appartient au sabre, et le sabre à l'homme. Je souhaite que vous ne vous fassiez aucun souci, et que vous guérissiez au plus vite.

Il s'inclina brièvement et sortit.

Omi saisit la branche de glycine entre deux doigts et la déposa sur ses genoux. Un long moment, elle resta sans bouger.

— Ateki, dit-elle soudain.

— Petite maîtresse ?

— Takeyori est le fils de Takemasa…

— Oui, petite maîtresse.

Omi demeurant immobile et muette, Ateki s'approcha et posa une main sur la sienne :

— Il est le fils de Takemasa, et il est le fils adoptif de Nagamitzu. C'est ce que vous êtes en train de comprendre, n'est-ce pas ?

— C'est épouvantable ! Que va-t-il faire ?

Il n'en avait pas dit un mot, il avait parlé de sabre, de la guerre et de l'homme, il lui avait souri, alors que, par sa faute, il était placé dans une situation intolérable.

— Takeyori est un garçon secret. Je ne sais ce qu'il envisage.

— Il faut arrêter cette guerre, Ateki. Il le faut. Je… je suis prête à m'excuser.

— Cela ne servirait à rien, Omi. Ce qui est dit est dit. La guerre est engagée.

— Mais c'est impossible !

— Les choses sont, Omi, et vous n'en changerez pas le cours. La tension est montée entre les deux camps. Aujourd'hui, ils se sauteraient à la gorge même sans raison. Je me demande avec crainte si les hommes ne sont pas fascinés par ce jeu.

Omi contemplait un rouleau de soie neuve sur l'étagère de gauche, une soie à peinture qui prendrait toutes les couleurs de la vie, avant qu'elles ne deviennent celles de la mort…

— Ateki, dit-elle pensivement. Veux-tu me confectionner un lotus de papier bleu ?

Pour la première fois depuis si longtemps, Omi trempa son pinceau dans l'encrier et traça, en ne dessinant qu'un mot sur chaque pétale :

Si l'arbre meurt,
la fleur ne résiste pas.

Elle relut la phrase, puis chiffonna le lotus de papier.

— J'en ai un autre, si vous le désirez, l'informa Ateki.

— Merci.

Omi reprit le pinceau, et écrivit :

La fleur nouvelle est fragile
aux glaces du printemps.

— Je vais porter moi-même cette réponse, si vous le désirez, proposa Ateki. Voulez-vous que je l'enveloppe dans du papier de soie ?

— Non, mets-la dans un coffret de cuir. Celui qui est incrusté d'or.

— Il s'agit d'un objet de grande valeur.

— Même cela ne réparera pas.

Sans ajouter un mot, Ateki enferma le lotus dans le coffret et sortit.

Son absence dura peu. Quand elle revint, Omi ne dormait toujours pas, mais ne semblait pas vouloir poser de question. La dame de compagnie s'agenouilla, puis s'assit sur ses talons au pied du lit.

— Je sais, chuchota-t-elle soudain, ce qu'a révélé le prêtre.

— Le prêtre ?

— Le devin, vous savez, celui que votre père a interrogé sur votre avenir. Voulez-vous que je vous répète ses paroles ?

Omi resta un long moment silencieuse, avant de répondre :

— Je ne suis pas sûre d'avoir envie de le savoir.

— Si je vous le propose, petite maîtresse, c'est que, moi, j'ai envie de vous le répéter.

— Dans ce cas…

— Le devin a dit : « Elle sera la lumière de justice. »

Omi eut un pâle sourire.

— Et à ton avis, qu'est-ce que cela signifie ?

— Oh ! (Ateki eut un geste fataliste.) Vous ne le saurez que lorsque la prédiction se sera accomplie.

Quelle justice, et pour qui ? Omi l'ignorait. Néanmoins, la phrase lui plaisait et, finalement, lui ressemblait. Ou du moins ressemblait à l'image qu'elle souhaitait d'elle-même.

— Il ne fait pas froid, remarqua Ateki. Si vous le désirez, nous pourrons sortir sous la véranda pour regarder la lune se lever. Je crois que votre père se joindrait à nous, et dame Saisho. Le voulez-vous ?

Omi acquiesça de la tête. Ateki n'en avait rien dit, mais se réunir pour admirer la lune à son lever était un événement qui ne s'était plus jamais produit depuis… depuis ce temps-là.

CHAPITRE XVII

L'ODEUR DE LA GUERRE

Les cours étaient méconnaissables. D'innombrables guerriers les traversaient d'un pas affairé, on s'entraînait au tir à l'arc, au maniement de l'épée, on parlait plus haut et plus fort que d'ordinaire.

Appuyés contre le mur de la maison de bain, les boucliers attendaient. Peut-être ne serviraient-ils pas, peut-être Takemasa n'attaquerait-il pas le domaine. Tout dépendait du déroulement des opérations et de la tournure que prendrait la guerre.

Au pavillon de la Belle Vue, l'agitation était à son comble, et personne ne prêta attention à l'homme en costume de paysan qui se faufilait parmi les serviteurs occupés à remettre à neuf les armures de samouraï. Celles-ci avaient dormi dans des coffres pendant tant d'années qu'elles étaient toutes ternies.

L'homme pénétra dans le pavillon principal. Il ne se fit pas annoncer et signala lui-même sa présence en frappant trois petits coups à la porte du bureau de Nagamitzu.

Aussitôt, le maître du shôen fit coulisser la cloison.

L'homme salua. Il avait des yeux vifs et la silhouette souple du serpent.

— Où en sont les préparatifs de Takemasa ? s'informa Nagamitzu à voix basse.

— J'ai bien observé les mouvements de ses hommes. Pour l'instant, rien n'est prêt. Takemasa assure d'abord sa défense, évidemment. Il fait doubler la palissade de bois qui protège son château et bâtit une muraille de terre devant.

— Quel genre de muraille de terre ?

— Genre piège. Assez fragile pour qu'elle s'effondre si on tente de l'escalader ou d'y accrocher des grappins.

— As-tu fait ton rapport à Takeyori ?

— Il pense que le plus sage est d'attendre l'ennemi à l'extérieur. Ce n'est pas nous qui avons engagé la guerre, rien ne nous oblige donc à prendre l'offensive.

— De toute façon, attaquer le château ne me paraîtrait pas judicieux. Takemasa est un rusé. Inutile d'aller se jeter dans la gueule du loup. (Il réfléchit un instant.) En ce qui concerne notre protection, vérifie toutes les défenses. Veille à ce que les toits soient couverts de terre. Que les flèches enflammées n'aillent pas nous y mettre le feu !

— Maître, annonça un serviteur, le seigneur Takeyori désire vous entretenir.

— Fais-le entrer.

Nagamitzu congédia rapidement l'homme en costume de paysan, tandis que Takeyori s'inclinait.

— Où en sont les troupes ? demanda le maître du shôen.

— Nous ne sommes pas très bien équipés mais à tous ceux qui n'ont pas d'armure j'ai pu faire préparer des vêtements molletonnés et des jambières, et chacun possède au moins une hallebarde et un sabre.

— Quels sont tes projets ?

— Éloigner la troupe de ces lieux. Inutile d'exposer les femmes et les enfants qui vivent ici. Nous attendrons, dans la montagne, que Takemasa fasse sortir ses bushi, et nous descendrons aussitôt. Il me semble que l'endroit le meilleur pour nous rencontrer est la petite plaine du centre. L'ennui est que cette plaine se trouve sur le domaine de Takemasa. Récupérer nos morts sera donc plus difficile.

— De plus, les blessés seront à la merci des paysans de Takemasa, qui ne se gêneront pas pour les détrousser, quitte à les achever.

— Si cela peut vous consoler, je doute que les guerriers de votre adversaire soient beaucoup plus en sécurité. Le mal qu'ils ont fait sur les terres n'incitera pas les paysans à la clémence.

Nagamitzu fit quelques pas d'un air préoccupé, puis il se planta devant le jeune samouraï et déclara :

— Takeyori, j'ai toute confiance en toi, et rien ne me donne plus de satisfaction que de te savoir à la tête de mes troupes, cependant je comprendrais que tu renonces à participer personnellement aux affrontements. Te battre contre les troupes de ton père, contre ton père lui-même, contre tes frères...

— Je suis devenu votre fils, je ne vous abandonnerai pas. Ne vous inquiétez pas pour moi, je dirigerai la bataille en essayant de ne pas tirer moi-même l'épée contre ma famille.

— Mais, Takeyori, cela signifierait... (Il fut interrompu par un serviteur qui se présentait à la porte.) Qu'y a-t-il ?

Le serviteur n'eut pas le temps de s'expliquer, que Michiie entrait.

— Mon frère, commença-t-il, vous voilà, à ce qu'on m'a dit, en fâcheuse posture. Sitôt que je l'ai appris, j'ai rassemblé mes hommes pour vous prêter main-forte. Je m'étonne que vous ne m'ayez pas averti.

Nagamitzu inclina légèrement la tête.

— Vous me voyez honoré, mon frère, de l'intérêt que vous portez à mes problèmes, et je vous en remercie. Souffrez, sans vous offenser, que je dise encore un mot à mon samouraï.

Il se tourna vers Takeyori et conseilla à voix basse :

— Fais vérifier tous les interdits de direction. Consulte le devin. Qu'il te dise si nous pouvons sans crainte progresser du nord vers le sud. Dans le cas contraire, prévois les manœuvres de tes troupes en conséquence.

Takeyori sortit aussitôt.

— Je suis à vous, dit alors Nagamitzu en se tournant vers son frère.

Il n'y avait plus un mot. Dans la cour principale, les guerriers à pied s'étaient rassemblés dans un ordre impeccable. Sur la gauche, la troupe de Takeyori, sur la droite celle de Michiie. Au centre, un groupe de bushi à cheval, tout caparaçonnés de cuir et de fer. Les cuirasses brillaient au soleil, les cordelettes maintenant les différentes pièces avaient été refaites à neuf et leurs couleurs chatoyantes donnaient à l'ensemble une certaine gaieté.

Le regard d'Omi s'arrêta sur Takeyori. C'est à peine si elle le reconnaissait. Il portait une armure de cuir jaune sur une tunique bleu foncé, et des gants renforcés de plaques de fer cousues de grosses mailles métalliques. Son casque était orné d'un croissant de lune doré.

De l'autre côté, sanglé dans une cuirasse rouge à lacets de cuir noirs, Michiie arborait un casque magnifique à trois cornes.

— Ateki, chuchota Omi. Est-ce bien mon oncle ?

— C'est lui.

— Il me semble si différent...

— C'est qu'il est poudré et maquillé, et qu'il a peint ses dents en noir.

— Comme les femmes ?

— Détrompez-vous, c'est maintenant la mode, paraît-il. Et Michiie n'est pas le genre d'homme à supporter que quelqu'un puisse se moquer de son visage, si par hasard il était tué et que la tête lui soit coupée.

— La tête coupée ? Quelle horreur !

— C'est la seule façon de comptabiliser les morts de l'ennemi. Cependant, rassurez-vous, ce n'est pas systématique. Allons, vous êtes toute pâle, petite maîtresse, rentrez donc vous reposer.

— Laisse-moi, Ateki. C'est à cause de moi que ces gens vont à la mort.

— À cause de vous et à cause d'eux-mêmes.

La nuit était tombée. Le domaine tout entier semblait désert, et Omi se sentait l'envie de pleurer.

Elle s'agenouilla sur le pas de sa porte et, d'une main hésitante, caressa sa cithare. Cela faisait si longtemps… L'instrument et elle se connaissaient-ils encore ? Elle l'appuya sur son genou plié. Elle retrouvait les gestes. Les guerriers étaient partis, ils allaient vers la plaine, là-bas. Presque avec appréhension, elle bougea ses doigts et pinça les cordes. Un accord. La cithare savait toujours chanter.

— Ma fille est triste…

Nagamitzu s'assit sur ses talons. Omi lui adressa une note seule et mélancolique.

— Avez-vous des nouvelles ? demanda Ateki en s'approchant.

— Ils sont encore dans la montagne. Les éclaireurs surveillent les mouvements des troupes de Takemasa.

— Ils vaincront, affirma la dame de compagnie, ils sont plus nombreux. C'est une chance que votre frère Michiie vous ait proposé son aide. Sa réputation est celle d'un guerrier de grande valeur.

Nagamitzu hocha pensivement la tête avant de demander :

— Omi, je voudrais connaître ton opinion. Pour quelle raison Michiie m'offre-t-il son concours ?

— Je ne sais… Il est votre frère.

Nagamitzu hocha de nouveau la tête.

— Et puis, observa Ateki, il souhaite épouser Omi.

— Je crois qu'il y a beaucoup de cela.

— Je ne l'épouserai pas ! protesta aussitôt la jeune fille.

Nagamitzu eut un geste d'apaisement.

— Loin de moi l'idée de t'imposer qui que ce soit. Tu feras ce que tu auras décidé.

— Je ne comprends pas son insistance, reprit Omi. Ne lui ai-je pas déjà montré que je ne voulais pas de lui ?

— Michiie est un homme intelligent. Je crois qu'il a compris, mais un mariage n'est pas qu'une question d'attirance personnelle. Des intérêts considérables sont en jeu. Il pense que tu pourrais être tentée par sa fortune et sa position sociale.

— Pourquoi moi ? Pourquoi m'a-t-il choisie ?

— Tu es également pour lui un parti intéressant. Tu es mon héritière, et l'homme qui t'épousera se trouvera à la tête d'une jolie fortune.

— Il n'en a pas besoin !

— Les besoins sont difficiles à apprécier. Être riche n'empêche pas de convoiter d'autres richesses. Ma fortune ajoutée à la sienne ferait de lui un homme extrêmement puissant.

— Il n'y a pas que cela, intervint Ateki. Il entre aussi dans le projet de Michiie la volonté d'avoir une femme qui puisse lui faire honneur à Kamakura. Il l'a sûrement pesé.

— S'il l'avait pesé, dit Omi, il ne se serait pas intéressé à moi.

— Ne vous sous-estimez pas, petite maîtresse.

Elle chercha l'approbation de Nagamitzu, mais celui-ci n'écoutait pas. Sans doute songeait-il au combat, à ses hommes dans la montagne, aux troupes attendant avec anxiété le lever du soleil.

— Seigneur Nagamitzu, demanda-t-elle soudain, Michiie sait-il que vous avez adopté Takeyori ?

Le maître du shôen secoua longuement la tête, comme si cette simple question agitait mille réflexions.

— Non, soupira-t-il enfin, je ne lui en ai pas parlé.

Les brûle-parfums exhalaient une odeur de bois de santal.

— Pourquoi ne lui avoir rien dit ? s'étonna Omi. Vous auriez dû l'informer que je suis beaucoup moins riche aujourd'hui.

Nagamitzu eut un geste vague de la main.

— Est-ce, poursuivit Omi, parce que Michiie renoncerait peut-être à m'épouser, et en même temps à vous aider dans votre guerre ?

— Non… non. Même si la fortune est partagée entre Takeyori et toi, tu seras de toute façon très riche. Non, ce n'est pas pour cela.

Comme il ne disait plus rien, les deux femmes s'entre-regardèrent.

— Pour quelle raison, alors ? insista Omi.

— C'est… parce que…

Il ne put continuer. Il se cacha le visage dans les mains, et les deux femmes, atterrées, comprirent qu'il pleurait.

CHAPITRE XVIII

LA LUMIÈRE DE JUSTICE

Omi écouta. Pas un bruit. Elle s'était peut-être trompée. À force de guetter, ses oreilles lui jouaient des tours. Une nuit et un jour entier étaient passés, une nuit où elle n'avait pas dormi, un jour où elle avait attendu, à genoux sous la véranda. Aucune nouvelle. Elle n'avait réussi ni à coudre, ni à écrire, ni même à lire. Enfin, des bruits avaient couru d'une bataille, sans qu'on puisse savoir au juste le nombre des morts, et encore moins leur nom.

Cette fois, c'était certain, elle avait entendu un bruit léger du côté du portique d'entrée, le même bruit que la veille.

Elle se leva. Elle était prête : elle s'était couchée avec ses deux kimonos de dessous rentrés dans son hakama rouge. Rapidement, elle enfila par-dessus la grosse chemise de toile. Elle avait renoncé au pantalon paysan ; mieux valait qu'elle ressemble à un page. Sur les kimonos de soie, la chemise bise savait à merveille atténuer la richesse des dessous sans pour autant donner l'impression de pauvreté.

D'un geste adroit, elle ramassa ses cheveux en chignon sur le haut du crâne et y posa le chapeau de bambou. Puis elle se faufila dehors et courut jusqu'au pavillon de son père.

Elle ne s'était pas trompée : une ombre venait d'y pénétrer.

Se couler jusqu'à la porte. Écouter.

Elle n'entendait que des murmures. Nagamitzu et son espion parlaient à voix si basse qu'il était impossible de comprendre ce qui se disait. Omi avait parfois l'impression d'entendre le nom de Takeyori, mais peut-être était-ce seulement dans sa tête qu'il sonnait, par la voix aigre de dame Saisho qui répétait : « Takeyori n'a pas le choix. Il ne peut que se faire tuer. Il ne peut que se faire tuer. »

Même en retenant sa respiration, Omi ne percevait rien du dialogue des deux hommes.

« Il ne peut que se faire tuer… »

Tout était sa faute.

Elle scruta la nuit. Pourquoi était-elle si ignorante ? Pourquoi ne savait-elle se débrouiller seule, aller où elle devait, sans personne pour la guider ?

Les choses étaient ce qu'elles étaient. Au lieu de se lamenter, il fallait agir, adopter la seule solution qui convenait.

Des pas près de la porte. Omi recula. Longtemps, elle attendit dans la nuit. Enfin un frottement, une silhouette qui s'éloignait. Silencieusement, elle lui emboîta le pas.

L'une derrière l'autre, les deux ombres passèrent le portique.

Un éclair. Une main qui lui broyait le poignet, la lame d'un poignard sur sa gorge.

— Que veux-tu ?

L'espion tenait son visage contre le sien.

— Je… je suis le page du seigneur Takeyori.

— Pourquoi me suivre ? J'aurais pu te trancher la gorge sans même rien te demander.

La pointe du poignard relâcha légèrement sa pression.

— Je voudrais, dit Omi (son cœur cognait si fort qu'elle avait du mal à parler), je voudrais aller sur le champ de bataille.

Tandis que, au clair de lune, l'espion la dévisageait, elle luttait contre la panique. Elle ne craignait pas pour sa vie, mais s'il réalisait qui elle était, c'en était fait de son plan. Pour l'instant, elle ne lisait dans ses yeux que de la perplexité.

— J'avais peur de suivre mon maître dans la bataille, reprit-elle, c'est pourquoi je suis resté. Maintenant, j'ai changé d'avis. Je voudrais être près de lui, je suis trop inquiet. Il a peut-être besoin de moi.

L'homme l'observait toujours.

— Est-il arrivé quelque chose à mon maître ? poursuivit-elle d'une voix angoissée.

— Ton maître, répondit enfin l'espion, nous n'en avons pas de nouvelles.

— Comment cela ?

— Il n'est pas revenu au campement.

— Il… il…

— Je n'ai pas dit qu'il était mort. (Le ton était agacé.) Peut-être est-il blessé, ou égaré.

— Égaré ?

— Écoute, je n'ai pas de temps à perdre, je dois rejoindre le campement d'urgence.

— Emmenez-moi !

L'homme la toisa.

— T'emmener ? lâcha-t-il d'un ton un peu méprisant. Sûrement pas. Cela dit, tu es libre de me suivre.

Comme il l'avait laissé entendre, l'espion ne prêta aucune attention à Omi. Il marchait à son rythme, l'obligeant presque à courir. Plusieurs fois, elle se tordit douloureusement les chevilles.

Elle lui enviait ses chaussures en peau d'ours, à semelles cloutées, beaucoup plus adaptées au terrain accidenté que de simples sandales de paille.

Ils montaient, ils descendaient. Elle ne pensait à rien. La seule chose qui comptait était de rester sur les talons de l'homme. Si elle lui laissait prendre de l'avance, c'était fini ! Et tant pis pour les chevilles. Un seul but occupait son esprit : arriver, savoir.

Les pentes étaient abruptes, les rochers glissants. Ils marchèrent longtemps, la nuit était déjà avancée. Était-ce si loin ?

L'homme se retourna :

— Tu es toujours là ? Tu es moins timoré qu'il n'y paraît.

Omi s'aperçut alors qu'une longue bande de tissu barrait le chemin, et qu'il s'agissait sans aucun doute des limites du campement.

— Tu ne peux pénétrer dans le camp, déclara son guide, nous ne savons rien de toi.

— Je vous en prie…

— Il n'en est pas question.

Le ton était dur et sans réplique.

— S'il vous plaît, faites quelque chose pour moi ! supplia Omi, effrayée à l'idée de rester là, dans la nuit, toute seule et sans rien savoir. Juste me dire si mon maître est rentré au camp.

L'homme inclina brièvement la tête pour signifier qu'il le ferait.

Sur la gauche, il y avait des arbres ; pas des arbres familiers comme ceux du parc, des arbres inconnus et menaçants, qui semblaient avancer. Omi essayait de contenir les battements de son cœur. Elle avait froid puis, soudain, trop chaud.

— Garçon ! (La voix de l'espion.) Ton maître n'est pas ici. On n'en a aucune nouvelle.

Omi resta un moment sans réaction. Déjà l'homme s'éloignait.

— Attendez ! Où a eu lieu la bataille ?

— Là, en bas, juste en dessous de nous, mais je te déconseille d'y aller voir, ce sont les terres de Takemasa. Tu devrais dormir ici et attendre le jour.

Omi acquiesça d'un signe de tête. Elle n'en ferait rien. Sitôt que l'homme eut disparu, elle commença à descendre la montagne dans la direction qu'il avait indiquée. Elle n'avait plus peur du tout. Il n'y avait aucun temps pour la peur.

La lune était son amie, elle l'avait toujours été. Reste, lune blanche, reste à mes côtés. Les fourrés sont trop denses, les trous qui s'ouvrent sous les pieds autant de pièges mortels. Avancer sans cesser de s'agripper aux branches, assurer de la main pour rester debout. Le plus angoissant était d'ignorer ce qu'il y avait devant. Il n'y fallait donc pas penser. Si elle avait vu, aurait-elle eu le courage de marcher ?

À droite de la corniche, on entendait le vide, le vent railleur des vallons. Poser le pied avec précaution. Ne pas glisser, se laisser porter par la seule volonté d'atteindre le but. N'entendait-elle pas des gémissements ?

Elle s'arrêta un instant. Il montait de la plaine comme un souffle. Pas vraiment des sons, rien de distinct, non, un souffle. Quelque chose de terrible et de douloureux, semblable au silence vibrant qui suit les tremblements de terre. Des ombres, en bas. La vie et la mort. La vie… celle des petites gens qui venaient sur les cadavres se payer de leurs malheurs, ramassant sabres et arcs, emblèmes de casques et flèches sifflantes.

Il ne fallait pas hésiter. Tout ceci était arrivé par sa faute. Il fallait descendre.

L'angoisse saisit Omi. Ce qui collait à ses pieds, c'était du sang. Éviter d'y songer. Ces corps avaient toujours leur tête, et c'était déjà un soulagement. Et puis, il faisait encore nuit, elle ne verrait pas le détail des blessures affreuses. Marche, Omi. Se pencher sur chaque cadavre, sur chaque guerrier portant au bras le foulard jaune de l'armée de son père.

Un foulard jaune, un bras, et pas d'homme au bout du bras. Omi sentit la nausée l'envahir. Elle détourna la tête et vomit.

— Pousse-toi ! grogna une voix. Celui-là est à moi !

Elle fut bousculée et s'affala sur les jambes d'un autre guerrier qui ouvrait grand ses yeux sur le ciel. Elle se releva convulsivement et recula, aussi épouvantée que si c'était le mort qui lui avait parlé. Une silhouette s'était penché sur le corps à un seul bras et fouillait dans le carquois.

Omi fit encore quelques pas en arrière. Elle ne devait pas être aussi impressionnable. Maintenant, voilà qu'elle avait du mal à se contrôler. Trouver Takeyori, cela lui faisait peur, trouver Takeyori avec une blessure comme... Oh, quelle horreur !

Elle essuya la sueur qui perlait à son front. De nouveau, elle percevait les gémissements. Par moments, ils s'effaçaient, puis ils revenaient et la saisissaient, la broyant plus sûrement qu'une main gantée de fer. Il fallait se calmer. Elle devait respirer profondément, regarder bien partout. Défaillir ne serait qu'une perte de temps. Regarder.

Un coup au cœur.

Ces yeux qui la fixaient, elle les connaissait. Michiie ! Et ces yeux étaient terrifiants. L'homme tenait à la main un poignard prêt à frapper.

— Arrêtez ! murmura Omi, je suis du camp de Nagamitzu.

Michiie la dévisageait durement. Il était évident qu'il ne la reconnaissait pas. Un instant, Omi hésita. Si elle perdait du temps avec Michiie, elle amenuisait ses chances de retrouver Takeyori vivant. Elle ne pouvait pourtant pas le laisser là !

— Vous êtes blessé, je vais vous aider.

L'homme fit un geste agacé.

— Pas besoin d'aide, souffla-t-il. Personne ne peut plus rien.

Le rictus, sur le visage blanc éclairé par la lune, était effrayant à voir. L'homme inclina légèrement la tête, et le casque roula de côté avant de s'immobiliser à l'envers, sur les trois cornes entourant un dragon d'or. Les pièces de métal qui formaient le protège-nuque s'ouvrirent dans un bruit sec, comme une fleur. C'est alors qu'Omi vit que son oncle portait une grande balafre à la joue.

— Vous êtes blessé au visage, il faut vous sortir de là.

— Au visage !

De nouveau, ce rictus…

— Un coup de sabre m'a ouvert le ventre.

Omi comprit d'un coup que le hakama de son oncle n'était pas noir, mais couvert de sang. Elle serra les dents, luttant contre l'envie de vomir de nouveau.

— Puisque tu es là, achève-moi.

Omi ne put proférer un son.

— Achève-moi !

Michiie semblait user son dernier souffle.

— Comment ? bredouilla Omi.

— Un coup de sabre. Décapite-moi.

— Je… je ne sais pas manier le sabre, je suis trop jeune.

— Alors, plonge le poignard dans mon cœur.

Omi ne pouvait toujours pas faire un mouvement.

— A… brège mes souffrances…

La tête de l'homme retomba. Tout près, une voix murmurait : « Ô Bouddha Amida… Ô Bouddha Amida. »

Un mouvement. Michiie revenait à lui.

— Ton poignard, souffla-t-il.

Omi sortit lentement l'arme de sa ceinture. Il fallait le faire.

— Tout cela pour rien, ricana soudain le blessé, pour rien.

Omi sentir la honte l'envahir. Son oncle était en train de mourir à cause d'elle. Pour rien.

— Mourir à la guerre, s'entendit-elle répondre, est un honneur.

— Ce n'est pas… de cela que je parle.

Le ricanement de l'homme semblait maintenant figé sur son visage. Omi eut l'impression pénible qu'il mourrait avec cette expression.

— Ah, mon frère !… Ainsi, c'est toi qui auras eu le dernier mot.

— Je lui dirai, souffla Omi, que vous êtes mort pour lui.

— Que je suis mort… pour lui ? Ah !

L'homme eut un spasme, et un peu de sang coula par sa bouche.

— Je suis mort… pour moi. Écoute… Tu diras à Nagamitzu… Tu diras à Nagamitzu…

— Oui ?

— Il a gagné. Tout cela n'a servi à rien.

— Tout quoi ?

— Tout.

Michiie eut un geste douloureux de la main.

— Non seulement Nagamitzu garde ses richesses, mais il hérite des miennes… Dérision !

L'homme respira bruyamment, sa voix s'étouffa :

— Dis à Nagamitzu que c'est moi… que c'est moi… sa femme.

Omi mit un moment à saisir le sens des mots qu'elle entendait. Elle leva son regard sur la nuit.

Elle ne voyait plus Michiie adossé à un rocher, elle voyait le pont, les deux ombres. Michiie !

— Vous... C'est vous qui avez tué Masako ?

Michiie ne répondit pas. Seulement ce rictus. De moquerie ? De douleur ?

— Vous avez tué Masako ? Pourquoi ?

— Elle attendait un héritier... Après tant d'années... la fin de mes espérances.

Puis, comme s'il reprenait soudain le sens des réalités.

— Tu... connaissais Masako ?

Mais dans les yeux d'Omi, il n'y avait que des larmes.

— J'aurais épousé..., s'exténua la voix, je voulais...

Un flot de sang jaillit. Le visage grimaça.

— A... achève-moi.

Les larmes ruisselaient sur le visage d'Omi. Elle serrait convulsivement le manche du poignard.

— Achève-moi.

Omi se mit à genoux et planta ses yeux dans ceux du guerrier.

— Vous auriez épousé Omi et sa fortune. Vous êtes venu vous battre pour obliger Nagamitzu à vous être reconnaissant et à vous donner sa fille.

L'homme respirait avec difficulté, mais accrochait son regard au visage plein de violence qui se penchait sur lui.

— Vous serez mort pour rien, pour encore moins que vous ne le croyez. Jamais Omi n'aurait été à vous. Jamais !

La stupeur passa dans les yeux du mourant. La reconnaissait-il, finalement ?

— Depuis deux ans (Omi parlait entre ses dents, sans desserrer les mâchoires), depuis deux ans je rêve de planter ce poignard dans la poitrine du meurtrier de ma mère. Regardez cette lame, je l'ai frottée chaque jour en priant qu'elle trouve sa vengeance, qu'elle transperce un cœur vil.

Omi tenait le poignard pointé vers l'homme.

— Je ne le ferai pas, dit-elle en le rengainant ostensiblement. Vous allez crever comme une bête. Je vous souhaite les plus terribles souffrances, aussi terribles que celles que vous avez infligées aux autres. Le malheur, c'est qu'elles seront plus courtes.

Elle jeta un regard de dégoût sur le moribond, se releva et tourna les talons.

Elle ne voyait plus clair, maintenant. Elle avait beau s'essuyer les yeux, tout était flou.

Elle voulait retrouver Takeyori, c'était tout ce qu'elle voulait. Nagamitzu ! Quand il saurait… Mais Nagamitzu savait déjà. Bien sûr. C'était le sens de son regard. C'est pour cette raison qu'il n'avait pas dit à Michiie que Takeyori était son fils adoptif. Michiie aurait pu tuer Takeyori.

Takeyori ! Où était-il ?

Il ne fallait pas penser à plusieurs choses à la fois, sinon tout s'embrouillait. Elle se remit à chercher.

— Omi !

Elle sursauta. Kiku se tenait devant elle.

— Je vous ai reconnue, répondit Kiku à sa question muette. En garçon, je vous reconnais toujours.

— Kiku… Que fais-tu là ?

La fillette baissa la tête sans répondre.

— Tu voles ?

Elle se redressa.

— Je vole seulement les soldats de Takemasa. C'est pour tout ce qu'ils prennent aux pauvres, demoiselle Omi. Vous ne le direz pas à mon père, hein !

Omi secoua la tête.

— Je cherche Takeyori.

— Il est par là, déclara Kiku, je l'ai vu.

— Il est vivant ?

— Je ne sais pas. Il ne bouge pas. Je l'ai fouillé, et…

Elle s'aperçut de ce qu'elle était en train d'avouer, et rectifia :

— Je l'ai fouillé parce qu'il est le fils de Takemasa. Je crois qu'il n'était pas froid.

— Où l'as-tu vu ?

— Je ne lui ai rien pris, hein ! D'abord il n'avait rien de précieux sur lui, rien qu'une fleur de lotus en papier.

Omi fixait Kiku.

— Mène-moi à lui, dit-elle.

— Il respire.

— Vous avez vu la blessure à la tête et à la jambe ? Pouh ! Il est plein de sang, je crois qu'il est presque mort.

— Il vit.

— Peut-être, mais avec tout le sang qu'il a perdu…

— Tais-toi donc ! Tu dis des sottises.

Les mains dans le dos, Kiku observa la jeune fille.

— Ça a de l'importance pour vous ?

Elle n'eut pas de réponse.

Omi se pencha sur Takeyori, et passa la main sur son front. Il était sans réaction. À gestes précis, elle dénoua les lacets de sa cuirasse et écarta les plaques de cuir et de fer pour poser sa tête contre sa poitrine. Le cœur était lent. Le jeune homme respirait trop faiblement… Kiku avait raison, il allait mourir !

— Il faut le soigner, le sortir de cette boue, l'emmener ! déclara-t-elle avec force.

— Où ?

— Je ne sais pas. Une maison.

— Le plus près, c'est le château de Takemasa.

— Alors, transportons-le au château de Takemasa.

— Mais…

— Nous allons le porter.

— Mais Takemasa vous tuera !

— Il ne me connaît pas. Et après tout, Takeyori est son fils, il ne peut pas le laisser mourir.

— Vous êtes… Enfin, je trouve ça dangereux.

— Je ne veux pas qu'il meure, Kiku, tu comprends ? Je ne veux pas qu'il meure.

— Bon, bon, dit Kiku. Je vais chercher ma charrette.

— Une charrette ?

— Je l'avais amenée pour le cas où il y aurait beaucoup de butin, mais je suis arrivée trop tard.

— Allons vite.

De nouveau, traverser le champ de bataille, de nouveau les casques renversés, les corps sans vie, les blessures bâillant au clair de lune, la boue. Là, les bottillons de cuir de Michiie. Ne pas regarder. Pourtant comment s'en empêcher ? Omi leva les yeux sur le visage haï. L'homme était mort. Malgré tout, elle en fut soulagée.

— Ouvrez la porte !
— Qui êtes-vous ?
— J'amène le seigneur Takeyori, le fils de votre maître, qui est grièvement blessé.
— Qui êtes-vous ?
— Je suis son page.

On entendit un bruit de pas, quelques voix. Il commençait à faire froid, et le blessé n'allait pas bien. Omi avait volé, pour lui tenir chaud, une veste à un mort. Les blessures avaient saigné de nouveau lorsque les deux jeunes filles avaient porté avec mille peines le corps sur la charrette. Elles avaient dû ôter la cuirasse qui était trop lourde, et ces manipulations n'avaient fait que du mal.

Omi toucha le front de Takeyori. Il était brûlant.

— Entrez. Mettez-le dans l'aile Nord, dit une voix.
— Dans l'aile Nord ? protesta une autre. Elle est trop délabrée et l'humidité…
— C'est sa place.
— Mais, père…
— Et il a de la chance que je ne le rejette pas dans sa boue.

— Vous ne pouvez pas lui en vouloir, protesta Omi. Il n'a pas voulu se battre contre vous.

— Pour qui te prends-tu, morveux, à vouloir me dicter ma conduite ?

— Père, intervint un jeune homme, ce page dit vrai, Takeyori n'a pas dégainé contre nous, j'en suis témoin.

— S'il avait dégainé, je lui trancherais la tête de mes propres mains.

— Père, mettons-le dans son ancienne chambre, il y sera mieux. S'il mourait, nul n'y gagnerait et vous en auriez du chagrin.

— Tu peux t'en aller, petit, lança un autre jeune homme en s'adressant à Omi.

— Non, non. Je suis son page, je veux rester avec lui pour le soigner.

— Laissez-le, grogna Takemasa. Après tout, c'est aussi bien. Il est suffisant que j'accueille ce traître dans ma maison, sans devoir en plus le soigner ! Portez-le dans son ancienne chambre, et que je n'en entende plus parler.

CHAPITRE XIX

UNE SITUATION DÉLICATE

— Takeyori..., souffla Omi.

Elle guetta un moment un signe, un mouvement, puis se rassit sur ses talons. Elle se sentait si fatiguée, abattue.

Le jour filtrait par la petite fenêtre, et Takeyori n'avait toujours pas repris connaissance. Il restait d'une pâleur extrême, cependant les plaies ne saignaient plus. Omi les avait lavées soigneusement. Celle de la tempe n'était pas profonde, celle de la jambe semblait plus importante. Il y avait aussi une trace de choc violent derrière l'oreille, plutôt inquiétante. Toutefois, c'était peut-être ce choc qui l'avait sauvé : assommé, il s'était effondré, et sa perte de conscience l'avait exclu du combat.

Omi avait eu toute la journée et la nuit pour penser à cela. Assommer par derrière n'était pas dans les façons d'un samouraï. Le coup avait donc été porté soit par un simple guerrier à pied, soit par un samouraï qui voulait lui éviter la mort. Plus elle y pensait, plus elle croyait à cette seconde solution : étant dans l'impossibilité morale de tirer l'épée, Takeyori avait été préservé de la mort par l'un de ses frères.

Les yeux d'Omi firent le tour de la petite chambre. Le décor était magnifique, le plafond et les piliers dorés à l'or fin sur fond rouge, les coffres sculptés. Les frères qui partageaient cette chambre avaient retiré leurs matelas pour laisser toute la place au blessé.

La tête d'Omi retomba sur sa poitrine, et ce mouvement la sortit d'un sommeil où elle avait failli sombrer. Il ne fallait pas qu'elle dorme. Elle était responsable. Depuis combien de temps était-elle agenouillée là, à tenir la main de Takeyori ? Elle ne savait plus. Elle se sentait douloureusement impuissante. Comment se battre contre la mort ? Lui seul pouvait le faire.

— Takeyori, murmura-t-elle, il faut que vous guérissiez. Sinon, ce serait trop épouvantable.

Elle se pencha sur lui et, avec une attention maladive, scruta son visage blafard. Puis elle pressa une nouvelle fois sa paume contre la sienne. Si le blessé pouvait sentir la vie dans sa main, prendre de sa force !

Elle laissa retomber sa tête. Rien. Elle ne pouvait rien faire qu'attendre.

Balançant d'heure en heure entre découragement et désespoir, douleur et vide, elle resta là, immobile, sans plus penser.

Un tressaillement. Elle se redressa.

Non, le jeune homme ne bougeait toujours pas. Ô Bouddha Amida, pourvu que ce ne soit pas…

Elle posa vite sa tête sur la poitrine du blessé, à l'endroit du cœur, et recommença enfin à respirer : ce n'était pas la mort qui était passée. Elle appuya son front sur la main inerte qu'elle n'avait pas lâchée, et murmura :

— Oh, Takeyori, ne me quitte pas, reste avec moi.

Lentement, elle rouvrit les yeux et releva la tête. Takeyori la regardait.

Un long moment, il la dévisagea comme pour graver chacun de ses traits dans sa mémoire et recomposer une image qui lui échappait.

— Omi, articula-t-il enfin.

— Je… je priais pour votre guérison.

Avait-il entendu ?

Il ferma un instant les paupières, comme pour dire qu'il savait. Un sourire léger passa sur ses lèvres.

Omi aima ce sourire. Il lui disait qu'il était sauvé. Elle voulait qu'il soit sauvé. Elle avait envie de le prendre dans ses bras, de mettre sa joue contre la sienne... Elle ne bougea pas.

D'un mouvement lent, Takeyori souleva la main de la jeune fille et la posa contre sa poitrine.

— Je suis coriace, dit-il. Je ne lâcherai pas la vie comme ça.

Il contemplait Omi en souriant. Elle se sentait au bord des larmes.

— Il ne faut pas parler, chuchota-t-elle, vous allez vous fatiguer.

Takeyori regarda autour de lui.

— C'est ma chambre... ?

— Naturellement.

— Naturellement ?

— Le château de votre père était l'abri le plus proche. Je vous ai amené ici.

— Mais... Vous... vous êtes en danger !

— Calmez-vous. (Omi lui posa fermement la main sur le front pour l'empêcher de relever la tête.) Personne ici ne sait qui je suis. J'ai dit que j'étais votre page.

— Omi, s'agita Takeyori, vous vous êtes jetée dans la gueule du loup !

— Que peut-il m'arriver ?

— Que Takemasa vous fasse trancher la tête, qu'il vous prenne en otage, vous humilie, oblige votre père à payer une forte rançon… Vous êtes inconsciente, Omi !

La jeune fille le considéra avec amusement :

— Je ne sais pas ce qu'il y a à comprendre à l'homme. Quand je vous fais la vie dure, que je vous amène à sacrifier votre existence, quand je sème le désordre et la guerre, pas un mot de reproche. Quand enfin j'essaie de réparer mes erreurs, de vous ramener à la vie…

— Omi, vous ne changerez donc jamais !

La jeune fille rit :

— Vous voulez parler de mon effroyable caractère ?

Takeyori lui saisit la main.

— Omi…

Elle secoua la tête et rectifia :

— Ou peut-être voulez-vous parler de mon effroyable comportement ?

Takeyori eut un sourire amusé.

— Avec vos cheveux serrés et votre costume de garçon, dit-il, vos dents blanches et votre teint coloré… Si dame Saisho vous voyait, elle en aurait une syncope.

Il réfléchit un court instant et finit :

— Moi, je m'habitue bien. Encore que j'aie une petite préférence pour vos cheveux tombants et votre kimono couleur de prunier rouge.

Un frôlement derrière la porte. Ils se turent aussitôt. Un pas s'éloigna.

En une fraction de seconde, ils s'étaient consultés du regard avec la même inquiétude : si quelqu'un avait surpris leurs paroles ?

On n'entendait plus rien.

— La bataille..., murmura soudain Takeyori, comme s'il venait seulement de reconstituer les événements qui l'avaient conduit ici. Avez-vous des nouvelles de la bataille ?

— Je ne peux rien dire, je n'y connais rien. C'est affreux, il y a beaucoup de morts. Comment prétendre que quelqu'un a gagné ou perdu ? Tout le monde a perdu.

— Ne soyez pas amère, la mort qui vous prend le sabre à la main est la plus belle.

Omi secoua farouchement la tête. La mort était toujours laide.

— Il faut arrêter cette guerre, supplia-t-elle.

— Comment ?

— Je m'excuserai auprès de Takemasa.

Takeyori la contempla d'un œil amusé.

— Vous le pourriez ?

Un soupir.

— Ce serait très difficile. Pour m'excuser, il faudrait que je prétende ne pas penser ce que j'ai écrit... et je le pense ! Je le pense ! Et, de plus, je n'arrive pas à regretter de l'avoir dit.

— Je vous retrouve bien là, souffla Takeyori.

— Que faire ?

— Vous… (le jeune homme se redressa un peu, en tentant de dissimuler une grimace de douleur), vous êtes trop sévère avec mon père. Ne prenez pas votre air fâché ! Mon père est malheureux et il se venge sur cette terre qu'il hait… Attendez, Omi, je ne l'excuse pas, j'explique seulement.

— Et de quoi serait-il malheureux ?

— D'être là. Son ambition était de vivre à Kyôto, à la cour de l'empereur ou, mieux encore, à Kamakura, résidence de notre shôgun. Depuis des années, il attend d'être appelé auprès de lui comme conseiller. Malheureusement, Michiie a pris la place qu'il convoitait.

— Michiie ? Takemasa convoite le poste de mon oncle ?

— Cela le rend furieux, acariâtre, méchant parfois… Qu'est-ce qui vous fait sourire ?

— J'en arrive à croire que cette guerre a du bon. Elle a vengé ma mère, elle va renvoyer Takemasa à Kamakura et alléger la chape qui pèse sur les épaules de ses paysans.

— Que voulez-vous dire ? interrogea le jeune homme en lui saisissant la main.

— Oh, Takeyori ! Tout va s'arranger. Michiie est…

La porte coulissa brutalement et Takemasa s'encadra dans l'entrée.

— Ainsi, c'est cela ! (Il croisa les bras sur sa poitrine. Dans son costume de guerre, il était effrayant.) Omi. C'est cela, tu t'appelles bien Omi ?

Les deux jeunes gens n'ouvrirent pas la bouche.

— Omi, ce n'est pas un nom de page, mon serviteur a-t-il bien entendu ?

Ses yeux étaient ironiques et mauvais. On retrouvait en lui quelque chose de son fils, dépourvu cependant de tout humour. Il se tourna vers l'extérieur et appela :

— Ici, vous autres ! Emparez-vous de cette fille et enfermez-la.

D'un mouvement brusque, Takeyori étendit le bras pour la protéger.

— Père, vous ne pouvez faire cela !

— Je ne t'autorise pas à…

Des pas précipités sous la véranda. Curieusement, au lieu d'entrer, les deux guerriers qui venaient de se présenter à la porte s'arrêtèrent près de Takemasa.

— Maître ! Michiie est mort !

Takemasa perdit aussitôt de son flegme justicier et franchit le seuil, en gardant toutefois un pied à l'intérieur de la chambre. On entendit chuchoter.

Takeyori regarda Omi. Était-ce cela qu'elle avait voulu dire ? Que Michiie était mort ?

— Aidez-moi à me lever ! souffla-t-il.

— Vous ne pouvez pas. Laissez. Je me moque d'être emprisonnée. Votre père ne me fait pas peur.

Elle ôta son chapeau de bambou et laissa retomber ses cheveux.

— Aidez-moi, Omi. Je ne vous dicte pas votre conduite, alors laissez-moi agir comme bon me semble.

Omi le considéra un instant, hocha la tête, puis se pencha et l'entoura de son bras. Il s'agrippa à son épaule.

— Il ne fallait pas ! chuchota Omi. Regardez, votre jambe saigne à nouveau.

Takeyori lui mit un doigt sur la bouche et s'appuya plus lourdement sur elle.

À la porte, Takemasa leur tournait toujours le dos, une jambe dedans, une jambe dehors. Lorsque enfin il refit volte-face, il y avait sur son visage une expression étrange, comme de triomphe intérieur.

— Plusieurs bonnes nouvelles en même temps. Takeyori, tu as devant toi le nouveau conseiller du shôgun, et voilà que, par un heureux concours de circonstances, je tiens entre mes mains la clé d'une guerre avec laquelle je n'ai plus de temps à perdre. Omi, fille de Nagamitzu, je te remercie de t'être jetée entre mes mains. Je vais donc faire prévenir ce cher homme que s'il ne se reconnaît pas immédiatement vaincu, je fais voler d'un coup de sabre la tête de sa fille bien-aimée.

Il avait dit ces derniers mots avec une ironie non dissimulée.

— Mes conditions sont, vous le voyez, on ne peut plus simples, reprit-il. Ce paysan de Nagamitzu devra racheter très cher la liberté de sa fille, le tout assaisonné d'excuses circonstanciées et d'humiliations. Je veux le voir à mes genoux. Je veux le voir réduit à la mendicité.

Takeyori leva la main.

— Puis-je parler, père ?

— Si c'est pour la défendre, c'est inutile.

— Il ne s'agit que d'une précision. Il se trouve que ce n'est plus à Nagamitzu de vous faire des excuses, ni de payer pour la libération de sa fille, c'est à moi.

— Que me contes-tu là ?

— Nagamitzu n'est plus responsable d'Omi, puisqu'elle est ma femme.

Takemasa en resta muet de stupeur.

— Comment se peut-il… ? s'écria-t-il enfin.

— Je sais, j'aurais dû demander votre autorisation, mais le seigneur Nagamitzu m'ayant adopté, il suffisait qu'il me donne la sienne. Et cette guerre m'a empêché de vous consulter.

Le visage de Takemasa hésitait entre fureur et résignation.

— Si cette peste est ta femme, grand bien te fasse, c'est une punition suffisante pour toi. Quant à elle…

Un chuchotement, dehors :

— Maître, un envoyé du shôgun demande à vous voir.

Takemasa hésita un instant, tiraillé de tous côtés par les événements qui se précipitaient. Enfin, avec un geste fataliste, il sortit.

Omi sentit le bras de Takeyori faiblir. Il était en train de s'évanouir. Rapidement, elle l'aida à s'asseoir sur un coffre. Sa jambe saignait terriblement.

Elle s'agenouilla, tira d'un geste énergique sur son kimono blanc rentré dans son hakama et en déchira un grand morceau qu'elle pressa rapidement contre la blessure pour arrêter le sang. Puis elle déchira une autre bande, dont elle fit, par-dessus, un pansement bien serré.

Takeyori avait perdu momentanément connaissance, elle l'avait senti, mais voilà que ses muscles réagissaient de nouveau, se raidissant sous la douleur. Elle essuya la sueur qui perlait à son front. Il ouvrit les yeux.

Le samouraï demeurait sans bouger, comme si la vie n'était revenue que dans son regard. Il contemplait maintenant la jeune fille agenouillée à ses pieds.

— J'ai horreur... du mensonge, dit-il dans un souffle.

Omi scruta le visage fatigué et, pendant un long moment, son regard s'accrocha au sien. Enfin elle demanda d'un ton faussement sérieux :

— C'était un mensonge ?

Sans la quitter des yeux, un pâle sourire sur les lèvres, il fit non de la tête. Puis il saisit doucement sa main et la pressa contre sa poitrine.

TABLE DES MATIÈRES

Composition : Francisco *Compo*
61290 Longny-au-Perche

Impression réalisée sur Presse Offset par

BRODARD & TAUPIN

GROUPE CPI

La Flèche (Sarthe), le 22-11-2002
N° d'impression : 15914

Dépôt légal : février 2002

Imprimé en France

POCKET *jeunesse*

12, avenue d'Italie • 75627 PARIS Cedex 13

Tél. : 01.44.16.05.00